DÉTACHE-MOI !

Se séparer pour grandir

PROFESSEUR MARCEL RUFO

Détache-moi !

Se séparer pour grandir

ÉDITIONS ANNE CARRIÈRE

© Éditions Anne Carrière, Paris, 2005.
ISBN : 978-2-253-11546-5 – 1re publication LGF

Pour toi,
Pour toi,
Pour toi,
Pour…
Mal joué!

Introduction

Enfant déjà, je savais que je serais un jour orphelin. De longues années plus tard, j'ai fini par le devenir vraiment, à un âge où plus personne ne pense qu'on puisse l'être encore car, croit-on, seuls les enfants sont orphelins.

J'ai manqué la mort de mon père, comme j'ai manqué celle de ma mère, mais c'est à travers leur mort que j'ai réalisé ce qu'ils représentaient pour moi. Dans le fond, leur disparition réelle venait confirmer ma crainte enfantine ; était-elle plus facile à accepter pour autant ?

Des mois durant, j'ai continué à composer leur numéro de téléphone, laissant sonner un moment avant de raccrocher, comme si cela suffisait à me faire croire qu'ils s'étaient seulement absentés l'espace d'un après-midi, mais allaient revenir bientôt. Ainsi leur absence, limitée dans le temps, me paraissait-elle provisoire et, si nous étions bien séparés, je pouvais penser qu'ils n'étaient pas totalement perdus. Lors de l'inauguration de la Maison des adolescents, en novembre dernier, je regrettai encore qu'ils ne soient plus là. Pour tenter de combler cette absence, effacer la disparition, je rêvai naïvement d'aller creuser un trou dans leur tombe afin d'y glisser les coupures de journaux se rapportant à l'événement. Alors que mon père n'avait jamais réussi à prononcer correctement le mot « psychiatre », et que ma mère, sûrement trop névrotique et trop perturbée, avait préféré ne pas savoir que ce genre de métier existait, je les imaginais fiers de moi et souhaitais plus que tout partager ce moment avec eux.

Finalement, je continuais de lutter contre la perte qui avait hanté toute mon enfance. Est-ce à cause des incessantes disputes entre mes parents, annonciatrices à mes yeux de petit garçon d'une séparation qui me paraissait inéluctable et me priverait de mon père ou de ma mère ? Face à cette éventualité, je ne pouvais rien, je n'avais aucune possibilité d'intervention. Loin de me sentir le ciment du couple de mes parents, j'étais renvoyé à mon impuissance et à la culpabilité qu'elle engendrait sans doute. Je suis issu d'une famille insécure qui a duré malgré tout, mais qui m'a aidé à me familiariser avec l'idée de séparation.

A Toulon, notre famille colonisait un petit immeuble. Au troisième étage, mes parents et moi ; au cinquième, ma grand-mère ; entre elle et nous, au quatrième, celle que l'on appelait « Tata ». Lorsque les scènes et les cris entre mes parents m'obligeaient à une retraite prudente, je montais directement au quatrième, au grand dam de ma grand-mère qui aurait trouvé normal de m'accueillir. Mais l'appartement de Tata possédait à mes yeux d'autres charmes. Cette femme sans mari ni enfants avait un amant marseillais et attentionné – preuve que ce n'est pas incompatible ; à chacun de ses passages, il lui offrait des cadeaux qui prenaient pour moi des allures de merveilles. Je me souviens notamment de trois tableaux. Deux aquarelles représentant Martigues, assez jolies malgré leur côté provençal un peu trop prononcé, et un ex-voto beaucoup plus réussi. On y voyait un bateau qui chavirait, pris dans une tornade, et les passagers qui tentaient d'échapper au naufrage en grimpant sur une chaloupe incertaine. Il m'a fallu des années pour comprendre que, si je me réfugiais au quatrième, c'était pour contempler ce naufrage qui m'effrayait au moins autant qu'il me fascinait. Figé dans un présent éternellement tourmenté, le tableau ne disait rien de l'avenir. Les passagers seraient-ils sauvés ou périraient-ils en pleine mer ? Y aurait-il des rescapés de la tempête familiale ?

Le sixième étage de l'immeuble comptait deux mansardes. L'une servait de grenier, où l'on entassait vieilleries et débris, seuls trésors de notre famille plutôt pauvre. Dans l'autre, mon oncle maternel, homosexuel, avait installé son atelier de photographe, une pièce auréolée de mystère et de secret. Avec ses tentures rouges, sa petite claire-voie, ses bacs à développement, son odeur de poussière et de produits chimiques mêlés, elle évoquait pour moi tout à la fois l'enfer et le paradis. C'était un autre refuge en cas de tempête entre mes parents, mon oncle m'autorisant alors à assister dans la pénombre à ce cérémonial minutieux qu'était le tirage de ses photos. Des photos d'hommes toujours, sur la plage ou ailleurs, plutôt dénudés et dans des poses évocatrices.

De ces disputes que je fuyais, il me reste d'autres souvenirs, plus flous. Une voiture, une Juva 4, m'emmenant vers une destination inconnue, des lieux de repli non familiers, des moments de doute et de rupture… qui m'obligeaient à me caparaçonner et à me renfermer pour me protéger. Je m'isolais dans des rituels défensifs, lançant des balles contre un mur, en tentant à chaque fois de battre mon propre record. Ou je me réfugiais sous les tréteaux des étals, regardant passer des jambes d'hommes et de femmes que je ne rencontrerais jamais, et j'étais déchiré à l'idée de ce monde dont une partie me resterait toujours inconnue quand je voulais le conquérir tout entier.

Au bout du compte, les seuls jours apaisés étaient ceux de l'été, lorsque ma mère me conduisait chez la famille restée en Italie. Durant ces quelques semaines, j'attendais avec impatience qu'elle vienne me chercher, mais dès que je la voyais, il me semblait que je l'aimais moins. Le manque attisait le besoin d'elle. Le cours de l'année me réservait heureusement d'autres jours précieux, ceux où le marché durait du matin au soir. Ces jours-là, j'étais libre de mes parents. Le temps, la ville et le monde m'appartenaient. Je m'appartenais. J'avais besoin de mes parents et besoin de m'éloigner d'eux. Sans le savoir, ils m'aidaient à prendre de la distance grâce à leurs disputes qui les détournaient de moi.

Il m'a fallu très longtemps pour pouvoir retourner sur les lieux de mon enfance sans éprouver un sentiment d'infinie solitude. Désormais fils unique de deux ombres, je recherchai dans le soleil de l'été toulonnais les bruits, les odeurs et les couleurs du marché aux fruits et aux légumes dont je me sens issu.

Mes parents étant morts, et avant eux ma grand-mère, mon oncle et Tata, il a fallu un jour vider le royaume familial que je m'étais refusé jusque-là à toucher, comme si ses habitants allaient revenir d'un moment à l'autre. Se substituant à la permanence des êtres, la permanence des choses m'avait aidé à apprivoiser la perte définitive. Pour lutter contre le vide que celle-ci laisse, j'avais gardé de chacun quelque chose de précieux : la persa de ma grand-mère, cette herbe aromatique qui donnait toute sa saveur à sa cuisine, le tableau du naufrage offert par l'amant de Tata, quelques bricoles… Mais, ce jour-là, pris d'une sorte de fureur, j'étais prêt à me débarrasser de tout, rangeant en vrac les bocaux de cerises, les vêtements, les appareils électroménagers hors d'usage… toutes ces traces de toutes ces vies dont je n'avais plus besoin pour étayer mes souvenirs. Je pouvais abandonner les objets sans plus me sentir abandonné par ceux qui les avaient laissés là en mourant.

Dans la mansarde rouge de mon oncle, il y avait une table en mauvais bois rongé par l'acide. En la retournant, j'ai découvert une inscription à la craie de la main de mon oncle : « J'aime Jean. » Je l'ai aussitôt effacée, j'ai effacé la mémoire de mon oncle, gardant sur le bout de mes doigts la poussière de son histoire d'amour. Il avait eu besoin de confier à la table son secret inavouable et j'étais désormais le seul à le connaître. Voyant cette inscription, les employés de la voirie chargés de débarrasser la chaussée auraient sans doute pensé qu'elle avait été écrite par une femme, et ce faisant, ils auraient annulé mon oncle. J'ai préféré conserver quelques instants sa trace sur mes doigts, comme si, en l'incrustant sur ma peau, je l'empêchais de mourir tout à fait.

Quand je me retourne sur ma vie, j'ai l'impression d'être construit sur les sables mouvants de la séparation et de la perte. Comme tout le monde, en somme… Parce que la vie n'est qu'une suite de cassures, de ruptures, de retrouvailles et de disparitions. Pourtant, tout commence par une fusion, où la mère et l'enfant ne font qu'un, fusion indispensable, vitale même, dans laquelle l'enfant va puiser force et assurance pour partir à la conquête du monde. Tout son développement ultérieur apparaît en fait comme une suite de séparations : séparation du ventre maternel, séparation du sein, séparation d'un morceau de soi-même avec l'apprentissage de la propreté… Il lui faudra aussi se séparer d'une nounou ou d'une institutrice, d'une maison, d'un jouet, d'un animal familier, d'un ami ou d'un proche. Chaque fois, l'enfant doit se séparer d'un monde pour pouvoir en conquérir un nouveau. Toute séparation est une épreuve dont il sort grandi et plus humain, une épreuve à travers laquelle il apprend qu'il lui est impossible de gagner s'il n'accepte pas de perdre, le plaisir de la conquête venant apaiser la douleur de la perte.

La toute petite enfance ressemble à un château fort où l'on vit au chaud et à l'abri et où l'on fait le plein de sensations rassurantes qui aident à se sentir plus fort. Mais c'est au-delà des douves que commence le monde. Alors, les parents doivent se transformer en pont-levis pour que l'enfant puisse sortir de l'enfermement, affronter l'extérieur, qui réserve quelques belles surprises, même s'il n'est pas exempt de dangers. On sait que l'enfant n'est ni tout-puissant ni invincible, mais on doit lui faire confiance et l'assurer qu'il pourra revenir au château aussi souvent qu'il le désirera. On ne doit pas craindre qu'il ne revienne pas et nous oublie, parce que nul ne se débarrasse jamais de son enfance.

L'enfance est une suite de premières fois : la première fois où l'on marche, la première fois où l'on parle, la première fois où l'on fait du vélo, la première fois où l'on se dispute, la première fois où l'on reçoit une fessée, la première fois où l'on va à l'école, la première fois où l'on a peur du loup, la première fois où l'on ramasse un coquillage pour y écouter la mer, la première fois où l'on aperçoit le reflet de la neige au sommet d'une montagne baignée de soleil, la première fois où l'on va dormir chez un copain, la première fois où l'on traverse la rue tout seul... C'est pour cela qu'il faut garder l'enfance en soi, cultiver ce désir de conquête qui nous promet d'autres premières fois. Elles sont toujours plus belles que les secondes. La nature humaine est ainsi faite que l'on recherche toujours l'éblouissement initial et cette fusion originelle qu'on croit avoir oubliée mais qui laisse en chacun de nous des traces indélébiles.

Toute notre vie, nous allons donc apprendre à naviguer entre ces deux nécessités vitales : se lier et se séparer, s'attacher et se détacher, partir et revenir, quitter et retrouver… Fusion, séparation, individuation, disent les psychanalystes, c'est une séquence qui n'en finit jamais de se répéter. Il faut se séparer pour avoir une chance de devenir propriétaire de soi, ce soi qui ne va cesser de s'affirmer, permettant de créer de nouveaux liens, de nouvelles relations sans qu'on s'y laisse emprisonner au risque de se perdre.

Peut-on se séparer sans peine ? Non, tout au plus apprend-on à mettre en place des stratégies défensives pour souffrir le moins possible de la séparation qui est toujours difficile. C'est pourquoi il ne sert à rien d'ordonner à un enfant : « Sois autonome ! », sans tenir compte de ses capacités. Le travail des parents consiste à repérer la moindre tentative d'autonomisation de leurs minots, non à la devancer. C'est un travail d'attention et de respect, qui impose d'accepter l'idée que l'enfant n'appartient pas à ses parents ; ceux-ci ne sont que des supports, des rampes de lancement pour l'aider à prendre son envol. L'opposition, la contestation, la provocation, la rébellion ne sont pas des preuves de désamour, mais des signes d'évolution et de maturation, une façon pour l'enfant de demander : « Détache-moi ! » Lorsqu'on ne l'entend pas ou qu'on cherche à le faire taire, le drame est en marche…

L'amour, l'affectivité, qui sont devenus aujourd'hui les valeurs suprêmes sur lesquelles la famille se construit et à l'aune desquelles tout se mesure, ne

doivent pas être synonymes de fusion et d'indifféren-
ciation. Si l'on veut que l'amour puisse durer toujours,
il faut le laisser se transformer, supporter les éclats,
les conflits, les absences, les ruptures et les éclipses.
Si l'on veut que le lien résiste sans se rompre, il faut
savoir lui donner du mou. L'amour, oui, à condition
qu'il n'empêche pas l'autonomie mais la favorise.
Aimer son enfant, c'est l'aider à se séparer de nous
pour lui permettre de devenir soi et s'affirmer en tant
qu'être autonome, dans ses actes et dans ses pensées.
Derrière la question de l'autonomie, c'est aussi celle
de la liberté fondamentale de l'individu qui se joue.
Pour des parents, peut-on rêver plus belle perspective ?

1. Au commencement était la fusion

La fusion ne dure pas seulement le temps de la grossesse, mais doit se prolonger durant les premières semaines de la vie de l'enfant, qui a besoin de sa mère pour survivre. Ainsi la naissance n'apparaît-elle pas comme une première séparation. Si le cordon ombilical qui relie le bébé à sa maman est effectivement coupé, il perdure, psychiquement et symboliquement, par l'allaitement mais aussi par tous les soins maternels, qui vont donner peu à peu à l'enfant le sentiment de sa propre existence.

Des séparations trop précoces

A 6 ans bientôt, Raphaël a du mal à parler. Il bute sur les mots, qui se bloquent comme s'ils refusaient de sortir. Son bégaiement a commencé quand il avait 18 mois, au moment de l'apprentissage du langage. Raphaël est suivi par un orthophoniste qui, lors d'un bilan, lui a demandé ce qui s'était passé dans sa vie qui pourrait expliquer son bégaiement, mais le petit garçon a refusé de lui en parler, comme il refuse à présent de le faire avec moi. C'est donc sa mère qui me raconte son histoire : son fils avait à peu près 18 mois quand elle s'est renversé de l'huile de fondue bouillante sur tout le bas du corps. Brûlée au troisième degré, elle a dû être hospitalisée longtemps. Les services hospitaliers ayant enfin compris qu'on ne doit pas séparer les enfants de leurs parents, Raphaël était autorisé à voir sa maman, mais à chaque fois, il la battait violemment.

Il semble évident que cette séparation précoce a entraîné chez ce petit garçon une angoisse déterminante, responsable à la fois de son agressivité envers sa mère et de son bégaiement. Vers 18 mois, il entrait dans la phase d'opposition, cette période où les enfants disent « non » à tout pour s'affirmer en tant qu'être autonome et se séparer un peu de leurs parents. Plutôt que de dire non, Raphaël frappait sa mère, afin de la punir ; à ses yeux d'enfant encore très dépendant, elle était méchante d'être malade, puisqu'il vivait l'hospitalisation comme un abandon. Il la tapait pour forcer un contact qui, du fait de l'éloignement et des retrouvailles en pointillé, le temps d'une visite, avait du mal à s'établir. L'absence maternelle créait en lui une carence relationnelle qu'il s'efforçait de pallier en donnant des coups. L'agressivité, chez lui, était plus physique que verbale. Il ne parvenait pas à matérialiser et à mettre en mots le traumatisme que représentait la séparation précoce d'avec sa mère. Alors, depuis, il garde les mots comme s'il avait peur de les perdre aussi, peur de se séparer d'eux. Sa mère me dit joliment : « Je suis obligée de lui faire répéter trois fois la même chose, comme ça, on reste plus longtemps ensemble. » On peut alors penser que Raphaël bégaie pour forcer sa maman à l'écouter davantage, à être plus attentive, à lui consacrer plus de temps.

En fait, le langage est un extraordinaire séparateur. C'en est fini du peau à peau, de la communication qui se fait seulement par le toucher, les mimiques. En apprenant à parler, l'enfant prend du champ par rapport à ses parents ; désormais, entre eux, il y a les mots, ces mots par lesquels le petit s'éloigne, en disant « non » notamment, mais aussi en disant « moi », puis « je ». L'enfant commence toujours par dire « moi », affirmation de soi plus glorieuse et plus évidente que le « je », plus modeste. Toute notre vie, d'ailleurs, le « moi » viendra renforcer le « je », quand nous aurons besoin de donner plus de poids à nos propos : « Moi, je pense que… », « C'est moi… », comme si, par la seule grâce du « moi », le « je » devenait indiscutable.

En retenant les mots, Raphaël retient donc sa maman près de lui de façon régressive. C'est d'ailleurs une mère de grande qualité, qui comprend bien qu'elle colle d'autant plus à son fils qu'elle s'est sentie coupable de ne pas s'occuper assez de lui à cause de son hospitalisation. Par la suite, elle a fait une fausse-couche qui l'a encore rapprochée de Raphaël.

Vivre, c'est se séparer pour grandir et s'autonomiser. Mais il y a des séparations « naturelles », auxquelles l'enfant aspire de lui-même au fur et à mesure de son développement et de l'acquisition de nouvelles capacités, et des séparations imposées, l'hospitalisation d'une maman par exemple, toujours douloureuses, parfois dramatiques.

En 1945, René Spitz a observé la réaction de bébés précocement séparés de leur mère, et décrit sous le terme d'« hospitalisme » « l'ensemble des troubles physiques et mentaux dus à une carence affective dans les dix-huit premiers mois de la vie, soit que l'enfant ait été abandonné, soit qu'il ait dû être placé en institution ou hospitalisé pour une longue période ». Le tableau de Spitz s'applique également « aux enfants qui subissent des séparations répétées avec leur mère, et à ceux qui reçoivent de sa part des soins nettement insuffisants, sans que le maternage d'autres personnes vienne compenser ce manque ».

Quelles sont les observations de Spitz ? Durant le premier mois de séparation, l'enfant est triste, pleure sans raison apparente, mais cherche le contact en essayant désespérément d'accrocher tout adulte qui passe près de lui. Au deuxième mois, la tristesse perdure, mais l'enfant met moins d'énergie à rechercher le contact. Son développement physique est perturbé et, souvent, il perd du poids. Enfin, à partir du troisième mois, à la fois anxieux et indifférent, il refuse tout contact. Généralement couché sur le ventre, il a des insomnies, refuse la nourriture. Son système immunitaire est affaibli, et il tombe facilement malade. Son retard psychomoteur se généralise, il a moins de tonicité que les autres enfants, tient peu ou mal assis, ne cherche pas à marcher…

Après trois mois de séparation, l'expression de son visage se fige, son regard semble absent. L'enfant ne sourit pas, mais ne crie ni ne pleure davantage, poussant plutôt des sortes de gémissements en faisant des mouvements ou des gestes répétitifs, ce que l'on désigne sous le terme de stéréotypie.

Plus l'enfant est séparé jeune de sa mère, plus les troubles sont graves, même s'ils peuvent aller en s'atténuant dès lors que les retrouvailles ont lieu. Entre 3 et 8 mois, période où se forme la relation objectale avec la mère[1], si la séparation dure plus de cinq mois, les

---

1. Moment où l'enfant commence à se percevoir comme sujet, et où il perçoit sa mère en tant qu'autre, comme objet.

troubles sont irréversibles. A partir de l'âge de 6 mois, une certaine forme de relation avec la mère s'est déjà établie mais l'identification à une image stable n'est pas encore possible. L'enfant aura des troubles du développement psychomoteur plus ou moins réversibles, une fragilité physique qui en fera une proie facile pour toutes sortes d'infections banales et, surtout, des troubles du comportement allant des troubles de l'humeur à un repli sur soi que l'on peut qualifier d'autistique.

Sans doute personne ne songerait-il plus aujourd'hui à séparer un enfant malade de sa mère. A l'époque de Spitz, il en allait tout autrement. Ses observations allaient révolutionner le monde de la pédiatrie et de la néonatalogie, montrant de façon indiscutable que l'enfant n'était pas, contrairement à ce qu'on se plaisait à croire, qu'un tube digestif. On découvrait, éberlué, que le bébé est une personne, douée de sensations, de sentiments (non élaborés). Il n'a pas seulement des besoins vitaux (être nourri, lavé), mais aussi des besoins affectifs (être aimé, sollicité).

Les débuts de l'attachement

L'autre jour en Balagne, je me suis pris pour un héros. Marchant sur un chemin de campagne, j'ai aperçu un troupeau de brebis qui venait à ma rencontre, suivi par des bergers gesticulant et me criant d'arrêter les bêtes. Me postant au milieu du sentier, je me suis mis à gesticuler moi aussi, haranguant les brebis pour les convaincre, sinon de faire demi-tour, du moins d'arrêter leur course. Le chemin était désert, elles ne couraient aucun danger ; pourquoi cet accès d'autorité de la part des bergers ? Parce que l'une d'elles venait de mettre bas et que, plutôt que de s'occuper de son agneau, mue par son instinct grégaire, elle avait suivi les autres bêtes qui s'éloignaient. L'agneau était donc en danger de mort. Si, durant les trois premières heures suivant sa naissance, sa mère ne reste pas près de lui pour le nourrir, le lécher, le nettoyer, le flairer et le réchauffer, elle ne pourra plus le faire après parce qu'elle ne reconnaîtra pas son petit, et aucune autre brebis ne pourra le reconnaître à sa place.

On comprendra sans doute à quel point je suis fier d'avoir réussi à arrêter le troupeau, autorisant ainsi la rencontre de la mère et de son nouveau-né et sauvant de ce fait un agneau en péril parce que abandonné par sa mère. Bien entendu, l'intérêt de cet « exploit » n'est pas de m'auréoler de gloire ; si je relate cette anecdote, c'est pour montrer l'importance de ce que l'on nomme l'empreinte sensorielle, à partir de laquelle la relation entre une mère et son bébé va pouvoir se nouer. La vie du bébé et sa capacité à entrer en relation avec les autres, à commencer par sa mère, se fonde sur un socle organique, biologique, et fort peu psychologique. Car, vous l'avez compris, ce qui est valable pour les brebis et les agneaux s'applique aux animaux raisonnables que nous sommes, ainsi que l'ont montré John Bowlby et les éthologues. Pour lui, l'attachement dont est capable le nourrisson n'est pas le résultat d'un apprentissage ; il est une réaction primaire, une manifestation de sa structure instinctuelle de petit homme. Et c'est à travers le contact charnel – odeur, son de la voix, texture de la peau, douceur des gestes – que se crée un monde de sensorialité où va s'enraciner et se développer la capacité d'attachement avec laquelle l'enfant naît. Grâce à cette sensorialité, l'enfant et la mère vont pouvoir se reconnaître et s'attacher l'un à l'autre.

Car, si le bébé a besoin de fusionner, heureusement la mère elle aussi est douée pour cela. Durant les neuf mois de sa grossesse, elle a développé un système de signaux – qui est aussi un système de communication – adapté à son bébé. Cette fusion organique ne prend pas fin à la naissance, mais perdure durant les trois premiers mois, que Winnicott appelle « les cent jours de folie amoureuse ». La mère est entièrement tournée vers le bébé, dévouée à lui, pleine d'une sollicitude particulière, que le pédiatre anglais désigne aussi sous le nom de « préoccupation maternelle primaire ». C'est durant ce temps que se fonde leur sentiment mutuel d'appartenance.

Le bébé ne se perçoit pas comme différent de sa mère, il est son prolongement, ce que l'allaitement symbolise. Quant à la mère, l'enfant lui semble faire partie d'elle-même. Elle s'identifie à lui, sait ce qu'il ressent et se trouve, comme lui, dans un état de dépendance et de vulnérabilité. Elle ne se contente pas de le nourrir, elle le soigne, le lave, le berce, le caresse, le porte, tente de décrypter ses pleurs et de satisfaire les besoins qu'ils expriment, joue avec lui, lui chantonne des berceuses et lui murmure des mots doux, adaptant

toujours ses réponses et ses soins au bébé et lui assurant ainsi une continuité d'existence. Entre la mère et
son bébé, les mouvements sont réciproques, l'un et
l'autre s'influencent mutuellement.

Pour Winnicott, la croissance affective de l'enfant
passe par trois étapes. Une étape de dépendance absolue, physiologique et affective, durant laquelle le bébé
n'est pas encore en mesure de prendre conscience
des soins maternels et ne fait pas la différence entre
le besoin et le manque. Vient ensuite, entre 6 et
18 mois, le temps de la dépendance relative. Quand la
mère s'absente, le bébé pleure, car l'angoisse apparaît,
signe qu'il perçoit sa dépendance. Lorsqu'il a faim, il
réclame en gazouillant ou en criant, et sa mère satisfait
son besoin. Mais bientôt, le seul assouvissement de
son besoin vital ne lui suffit plus ; il subsiste malgré
tout un manque, qui est manque de l'autre, et d'où va
naître le désir. L'enfant commence à exister en tant
que sujet et perçoit une différence entre soi et l'autre.
Enfin, à partir de 2 ans, parce qu'il a introjecté l'image
et les soins maternels – il est désormais capable de
conserver mentalement l'image de sa mère et il sait
qu'elle reviendra pour répondre à ses besoins –,
l'enfant va pouvoir accéder à l'indépendance – indépendance toute relative, bien sûr –, grâce notamment
à l'acquisition du langage. Si le petit Raphaël reste blo-
qué à cette étape, c'est parce qu'il a été privé de la présence de sa mère à ce moment si capital, ce qui nous
montre que la séparation se fait d'autant mieux qu'elle
est accompagnée et encouragée.

Il faut souligner ici que, si la fusion est essentielle
durant les premiers mois, elle doit prendre fin progres-

sivement grâce à la mère qui va peu à peu donner des réponses moins adaptées à son bébé, lui permettant ainsi de se percevoir comme différent d'elle. Celle qui n'est pas capable de cette désadaptation « échoue », selon les mots de Winnicott, « en ne donnant pas à son nourrisson des raisons à sa colère. Or le bébé, qui n'a pas de raison d'être en colère alors qu'il a en lui une quantité habituelle d'éléments agressifs, se trouve en face d'une difficulté particulière, qui est de fusionner l'agressivité à l'amour ». Autrement dit, il faut que la mère puisse renoncer à son désir d'être une mère parfaite, toujours satisfaisante, pour apprendre au bébé la frustration qui va lui donner le goût de partir à la conquête du monde afin de combler le manque ressenti.

L'attachement empêché

Grâce à Winnicott et à Spitz notamment, tous les spécialistes de la petite enfance sont désormais des « fusionnistes » convaincus et, en néonatalogie comme en pédiatrie, chacun est conscient de la nécessité de favoriser l'attachement. J'ai déjà raconté[1] l'histoire d'une jeune mère atteinte de psychose puerpérale, cette forme de psychose, heureusement rare, où la femme voit son enfant comme un représentant du diable et veut s'en débarrasser, le tuer. Parce qu'elle est dange-

---

1. Voir *Tout ce que vous ne devriez jamais savoir sur la sexualité de vos enfants*.

reuse pour son enfant, il serait logique de l'en éloigner et d'entériner la non-fusion qu'elle instaure du fait de sa pathologie. On s'aperçoit pourtant que, face à une mère empêchée – quelles que soient les raisons de cet empêchement –, le bébé, toujours avide, est encore plus accrocheur. Par ses mimiques, ses babils, ses mouvements, il témoigne d'une grande capacité de captation, comme s'il pressentait qu'il ne doit pas ménager ses efforts pour attacher la mère à lui. De toutes ses forces, il cherche à attirer le regard qui l'évite. Si, malgré l'énergie qu'il déploie, la mère ne répond pas à ses sollicitations, il va s'épuiser et renoncer, se repliant toujours davantage sur lui-même jusqu'à présenter tous les symptômes de l'hospitalisme de Spitz – à moins qu'une maman de substitution, qui peut être le père, ne vienne assurer la fonction de maternage dont il a besoin.

Dans les unités mère-enfant, tout est fait pour favoriser l'attachement. Dans le cas que je viens d'évoquer, nous avons donc réservé à la mère et à son bébé des moments partagés, toujours médiatisés par la présence d'un tiers prêt à intervenir en cas d'accès de violence maternelle, car l'essentiel était bien que l'enfant puisse trouver, à travers le contact avec elle, même forcé, une certaine assurance, et que la mère, malgré sa pathologie, réussisse à nouer l'ébauche d'un lien avec son enfant. A ce stade, la séparation paraissait plus préjudiciable que l'attachement, aussi imparfait soit-il, d'autant que la pathologie de la mère étant souvent transitoire, elle avait toutes les chances de pouvoir créer par la suite une relation satisfaisante avec son bébé.

Il faut être deux pour fusionner. Chacun de leur côté, la maman et le bébé doivent être doués de capacité de fusion. Celle-ci échoue – en tout cas, elle est moins sécurisante pour l'enfant – lorsque l'un des deux est empêché. C'est parfois le cas quand la mère est dépressive, par exemple. La dépression joue alors un rôle dans la mise en place de l'interaction : la mère est moins disponible, moins attentive, elle se borne souvent aux soins essentiels à donner au bébé et elle le berce moins, le câline moins, joue moins avec lui ; il y a transmission d'affects dépressifs de la mère au bébé, qui aura moins de capacité à entrer en contact avec les personnes et les objets, à nouer des relations.

C'est dire la nécessité de soutenir et d'aider les mères en difficulté, afin qu'elles puissent malgré tout offrir à l'enfant la sécurité dont il a besoin dans les premiers mois, car c'est à cette période que se crée un attachement plus ou moins sécure qui sera déterminant pour son autonomisation future.

Une psychologue d'origine canadienne, Mary Ainsworth, a observé des enfants de 12 à 18 mois lors d'une courte absence de leur mère. Certains manifestent un peu d'angoisse, puis retournent à leurs activités et sont capables d'entrer en interaction avec d'autres adultes ; ce sont les enfants sécures. D'autres vont manifester peu de réaction de détresse à l'absence de leur mère, mais ils l'ignoreront à son retour ; ce sont les insécures évitants. D'autres, enfin, vont exprimer leur angoisse et leur détresse durant toute son absence, et ils auront beaucoup de mal à retrouver la paix après son retour ; ce sont les insécures résistants.

Plus la fusion a été intense, plus l'enfant y aura puisé de l'assurance, et plus il sera capable de supporter l'absence maternelle, qu'il mettra à profit pour explorer le monde extérieur. L'enfant insécure, lui, recherchera toujours sa mère ou l'évitera de façon évidente, sans réussir pour autant à investir d'autres personnes ou d'autres objets. Pour le premier, passé un mouvement naturel d'anxiété, le changement se révèle amusant, intéressant, excitant ; pour le second, il reste source d'angoisse. En l'absence de la mère, privé de repères, le bébé se replie sur lui-même, comme si le seul objet stable de réassurance était son propre corps. Au lieu de s'ouvrir à l'extérieur, l'enfant insécure est autocentré et son appareil psychique ne lui sert plus à entrer en contact avec le monde mais à ressasser ses pensées.

Si l'enfant parvient à se séparer, c'est qu'il est convaincu de retrouver sa mère un peu plus tard, ce qui suppose que la mère ait été « suffisamment bonne » – selon l'expression désormais consacrée –, c'est-à-dire qu'elle lui ait donné assez de soins, d'attention et de dévouement. Sinon, il gardera toujours une fragilité, qui sera ravivée à chaque séparation.

Si j'affirme souvent que rien n'est jamais figé et que tout peut se jouer sans cesse – ce que je crois –, il faut bien reconnaître que, d'une certaine façon, une bonne partie du développement de l'enfant et de sa capacité à s'autonomiser et à grandir s'enracine dans les six premiers mois de la vie. Je reste cependant persuadé qu'un attachement insécure vaut mieux que pas d'attachement du tout. Car si, dans le premier cas, l'enfant risque d'avoir du mal à se détacher, dans le second il sera dans l'impossibilité de nouer d'autres liens.

Certains naissent privés de cette capacité d'attachement, les enfants autistes notamment. On a longtemps laissé entendre que les parents étaient en partie responsables de cette pathologie. Or, il s'avère que l'autisme commence *in utero*, puisqu'il serait inscrit dans le fonctionnement neurologique du fœtus. Des chercheurs au CNRS ont montré que, durant la grossesse déjà, chez les autistes, certaines zones cérébrales ne sont pas activées, ce qui entraîne un retard du développement. Un autiste est, par exemple, sensible à un bruit de froissement mais il ne réagit pas au vacarme d'un train qui passe ; il n'y a pas, chez lui, de discrimination auditive. Dans le fond, l'autiste ne différencie pas la voix de sa mère, et c'est en partie pour cela qu'il ne peut pas entrer en interaction avec elle. Pendant un temps, il est possible que la maman ne s'aperçoive pas de cette incapacité, parce qu'elle projette sur son bébé des aptitudes qu'il n'a pas, interprète ses réactions de façon positive, transforme ses grognements en babil. Pourtant, l'autiste ne peut pas fusionner. Il naît isolé en lui-même. Et naissant isolé, privé de capacités de contact, ne pouvant entrer en interaction avec sa mère, il aura les plus grandes difficultés à nouer des liens ultérieurement.

L'attachement derrière les barreaux

Léo est un garçon attachant, vif et intelligent, mais il fait preuve d'une agressivité outrée vis-à-vis de ses copains de maternelle. Il manifeste également une grande anxiété qui s'est révélée à la suite d'un incident apparemment banal. Un soir de grand vent comme il y en a si souvent dans le Midi, sous l'effet d'un courant d'air, le lustre de sa chambre s'est mis à trembler avant de tomber en se cassant. Cela a créé chez lui un état de panique tel qu'il n'a pas voulu rester dans sa chambre. Depuis, il s'est installé dans celle de sa sœur, mais même cela n'a pas réussi à l'apaiser totalement.

Les parents de Léo se sont séparés quand il avait 20 mois. La garde de l'enfant a été confiée à la mère. Mais lors d'un conflit professionnel, celle-ci a perdu le contrôle d'elle-même et agressé l'un de ses employeurs, qu'elle a blessé, ce qui lui a valu d'être emprisonnée pour coups et blessures volontaires. Elle était alors enceinte et a accouché d'une petite fille durant son incarcération. Lorsqu'elle est sortie de prison, Léo s'est donc retrouvé avec une mère potentiellement dangereuse et une petite sœur totalement inconnue qui avait pu profiter de sa maman tandis que lui en avait été privé et avait été confié à ses grands-parents. C'est comme si sa mère l'avait abandonné pour mieux se consacrer à cette sœur, qui lui apparaît encore plus comme une rivale, puisqu'elle lui a physiquement dérobé sa maman.

Il faut reconnaître que c'est une situation un peu compliquée et difficilement compréhensible pour un si jeune enfant. Léo tape le monde, comme pour le punir de ne pas lui donner la place qui est la sienne. Dans le même temps, il s'identifie en partie à l'agressivité maternelle. Il est à l'âge où l'enfant parcourt la gamme de toutes les peurs, mais sa peur si particulière du lustre qui se casse le renvoie sûrement à la violence maternelle susceptible de « casser » les gens dès lors qu'ils lui déplaisent.

Léo a besoin d'une thérapie pour mettre en scène ses angoisses et apprendre à les verbaliser. Il réussit à y parler de son agressivité et ne ménage pas ses efforts pour la maîtriser, bien que, dans un premier temps, cela reste difficile pour lui. Il prend des jouets qu'il rejette aussitôt, violemment, puis s'excuse en disant : « Je le voulais, mais j'aimais pas. » Il progresse tout en restant assez instable, manifeste beaucoup d'impulsivité dans ses actes et une volonté de tout commander et de tout contrôler, comme s'il voulait que ce monde incompréhensible se plie à ses désirs. Sa mère fait son possible pour maîtriser les débordements de son fils ; on sent pourtant qu'elle se contient pour ne pas céder à sa propre agressivité. Elle semble avoir du mal à comprendre pourquoi son fils pose tant de problèmes quand sa fille est si mignonne, alors qu'elle est née dans des conditions difficiles et a passé les premiers mois de son existence en prison auprès d'elle.

L'explication tient justement au fait que sa fille a pu rester avec elle. Désormais, un enfant peut vivre avec sa mère incarcérée pendant les dix-huit premiers mois de son existence, et il faut s'en féliciter. Ces femmes, souvent en difficulté par ailleurs, s'avèrent en effet d'excellentes mamans parce qu'elles ont, en prison, tout le loisir et la disponibilité de s'occuper de leur enfant, alors que, à l'extérieur, elles auraient peut-être été plus toxiques, en tout cas moins attentives. Dans le même temps, l'enfant qui vit dans des conditions carcérales, avec tout ce que cela suppose d'enfermement mais aussi de fusion, manifeste souvent une crainte assez vive de l'extérieur. C'est pourquoi il faut encourager le placement en crèche, dans la journée, afin de l'habituer à se décoller de sa mère et à affronter le monde extérieur.

Si la sœur de Léo va bien, c'est parce qu'elle a pu développer un attachement sécure avec sa mère, tandis que le petit garçon s'est senti rejeté, montrant une fois encore la souffrance que peut engendrer une séparation précoce avec la mère.

Survivre à l'abandon

C'est l'histoire de deux sœurs que l'on pourrait décrire de manière un peu caricaturale en disant que l'une était jolie quand l'autre était intelligente. Renforçant la caricature, l'« intelligente » est devenue professeur et l'est restée tout au long de sa vie solitaire ; la « jolie » a eu des aventures, toujours passagères et malheureuses. De l'une de ces relations est née une fille, dont la tante s'est beaucoup occupée. Cette fille, devenue grande, a eu à son tour des aventures sans lendemain, dont sont nés plusieurs enfants qu'elle a abandonnés.

C'est l'un de ces enfants que je rencontre, avec sa grand-tante, l'« intelligente ». Adolescent difficile, il exprime par son comportement tout le malheur de sa courte existence. Abandonné par sa mère au septième jour, il a été placé en famille d'accueil, sans aucun contact ni avec sa mère ni avec sa grand-mère. Seule sa grand-tante a continué à lui rendre visite de temps à autre. Maltraité par le père de sa première famille d'accueil, ce garçon a été placé dans une nouvelle famille, où il a été battu et abusé. Brillant élève à l'origine, il a eu cependant de grandes difficultés avec ses camarades d'école, qui l'ont volontiers pris comme bouc émissaire. Tant et si bien que, petit à petit, il a désinvesti totalement ses études et s'est enfermé dans un comportement agressif et violent.

Il est alors tout jeune adolescent, et un juge des enfants n'a rien trouvé de mieux que de le confier à sa grand-tante sans réclamer aucun soutien psychologique, ni pour l'un ni pour l'autre. La pauvre femme de 70 ans s'est bientôt sentie dépassée par ce gaillard qui s'est mis à la battre, lui donnant des coups sur la tête tout en répétant qu'il ne voulait pas qu'elle meure. A tel point que, à bout de forces, elle a fini par réclamer qu'il soit à nouveau placé. Lorsqu'elle me raconte l'histoire, elle pleure : « J'ai tout raté dans ma vie. Ce gamin était comme l'enfant que je n'ai pas eu, mais comme ma sœur et ma nièce, je ne sais rien faire d'autre que de l'abandonner. »

Cet adolescent montre une incapacité à nouer des liens. Abandonné précocement, toujours ballotté d'une famille à l'autre, dans une effrayante carence affective, il est comme castré de sa capacité à entrer en contact et à instaurer une relation avec quiconque. Alors même qu'ils sabordent toute amorce de lien, l'agressivité et les coups sont le seul mode de communication qu'il parvient à concevoir, parce que c'est le seul qu'il ait connu, et la seule façon pour lui de montrer à sa grand-tante qu'il l'aime.

Quelles que puissent être les raisons de l'abandon – qu'il ne m'appartient pas de juger –, peut-on imaginer la béance qu'il crée ? Comme elle expulse le placenta, la mère expulse son bébé et le rejette aussitôt, le privant de la fusion dont il a besoin. La coupure du cordon ombilical devient, plus qu'un détachement, un arrachement.

L'enfant pense toujours qu'il a dû être bien méchant pour que sa mère ait pu l'abandonner. Ce qu'il éprouve, c'est un sentiment de culpabilité et de honte qui, d'entrée de jeu, sape l'ébauche de son estime de soi. S'il a du mal à concevoir que sa mère est mauvaise, il est cependant dans l'ambivalence, en proie à des accès de haine envers celle qui n'a pas voulu l'aimer. L'abandon, c'est la certitude de ne pas être aimé et, pis encore, de ne pas être aimable.

Heureusement, il est des abandons qui se terminent moins mal, par une adoption ou un placement en famille d'accueil. Mais il faudrait que cela puisse se faire dans les toutes premières semaines de la vie, afin que l'enfant ait la possibilité de nouer un attachement avec une maman de substitution. A Lodz, en Pologne, un certain Janusz Korczak l'avait bien compris. En 1912 – bien avant les travaux de Spitz, donc –, ce médecin avait créé un orphelinat modèle. Modèle parce que, au lieu de passer de main en main au fil des biberons et des toilettes, chaque enfant était toujours suivi par une même puéricultrice. Il pouvait reconnaître son contact, sa peau, son odeur, sa voix, ses intonations, ce qui lui assurait une continuité se substituant à la continuité organique de sa mère biologique. Grâce à l'intelligence et à la sensibilité du génial médecin – qui refusa plus tard de laisser partir sans lui les enfants dans les trains de la mort –, les petits orphelins de Lodz avaient un développement plus harmonieux et de réelles capacités d'attachement.

La peur de l'abandon est sans doute l'une des choses les mieux partagées du monde. Comme pour conjurer cette peur fondamentale, presque constitutive de la nature humaine, tous les parents racontent à leurs enfants des contes de fées dans lesquels le héros ou l'héroïne a été abandonné(e)… Ce qui permet à l'enfant de mesurer sa chance d'avoir auprès de lui des parents pour lui lire ce genre d'histoires. Pourtant, on a beau lire et relire tous les contes de fées de la terre, on ne réussira jamais à se départir tout à fait de la peur de l'abandon. Comme si nous gardions, au plus profond de nous, des traces du temps de la fusion où nous ne pouvions subvenir seuls à nos besoins, et de cette angoisse archaïque que l'absence de la mère se prolonge indéfiniment, nous mettant alors en danger de mort. Au fond de chacun de nous, il y a un enfant insécure qui sommeille.

Il y a deux façons de perdre et de se séparer. Parfois on le décide ; parfois on le subit. Dans le premier cas, la perte devient supportable, parce qu'on peut la maîtriser ; dans le second, c'est plus difficile. L'enfant abandonné, lui, est condamné à subir l'inacceptable. C'est pourquoi, pour tenter de les protéger un peu de cette douleur, on dit parfois aux enfants abandonnés que leur mère est morte, la mort étant la seule raison acceptable de l'abandon. Car la mort est toujours un abandon. Quand nos parents meurent, quand on est quitté par une personne qu'on aime, nous sommes tous, enfants et adultes, en proie à ce sentiment d'abandon qui engendre un désarroi absolu.

J'ai reçu l'autre jour un garçon de 14 ans ayant perdu son grand-père, son père et son oncle dans le tsunami qui a dévasté l'Indonésie. Il dit que tout un pan de lui a été englouti par la vague, qu'il se sent abandonné parce que aucun de ces trois hommes n'a su résister au raz-de-marée pour demeurer avec lui… On a beau savoir que l'on ne peut empêcher personne de mourir, l'idée continue de nous effleurer, malgré nous, que nous aurions peut-être pu… Pour se défendre de cette culpabilité-là, on la retourne vers l'autre qui devient un parent abandonnique malgré lui.

Le sentiment d'abandon n'épargne pas même les psychiatres. Ma mère est morte il y a quatre ans, mais à chacun de mes anniversaires, parce que je n'entends pas son « Bon anniversaire, mon petit coco », je me sens un peu abandonné.

Nous sommes tous des orphelins inconsolables, des abandonnés chroniques.

2. Grandir, c'est se séparer

Pour être bénéfique, la fusion si essentielle des premières semaines doit prendre fin. Peu à peu, la mère et l'enfant vont apprendre à se lâcher mutuellement, grâce notamment à ceux que l'on appelle les « tiers séparateurs » – le premier d'entre eux étant le père –, qui vont s'immiscer dans leur relation duelle, créant des espaces de différenciation.

Le développement psychomoteur de l'enfant est ainsi constitué d'une suite de séparations. Le sevrage, l'apprentissage de la marche, du langage et de la propreté représentent ce que Françoise Dolto désignait sous le terme de « castrations symboliques » : des pertes successives qui, chaque fois, vont permettre à l'enfant de conquérir de nouveaux territoires et une nouvelle autonomie.

Le père, casseur de fusion

Martin a 6 ans et, presque d'entrée de jeu, il me déclare : « Je vais te dire un secret, je ne jouais qu'avec les filles à l'école maternelle. » Ses parents viennent justement me voir parce qu'ils trouvent leur fils trop féminin et s'inquiètent d'une possible homosexualité.

Martin est en effet dans une identification féminine massive par rapport à sa mère, qui vit dans une fusion intense avec lui. J'en comprends d'autant mieux les raisons quand elle me raconte son histoire. Cette femme a vécu une enfance dévastée. Abandonnée à la naissance, puis placée dans des familles successives, elle a été maltraitée plusieurs fois. Un peu plus tard, ayant réussi à retrouver son père biologique, elle a subi des sévices de sa part. Elle a eu un premier mariage malheureux, avant de rencontrer le père de Martin, mais peu de temps après, on lui a découvert une maladie du col de l'utérus nécessitant plusieurs interventions chirurgicales. C'est pourtant lors de cette maladie qu'elle s'est retrouvée enceinte de Martin. Le garçon est d'autant plus investi qu'elle pensait toute grossesse impossible, et il représente pour elle une opportunité de réparer sa propre enfance. Elle fusionne avec lui comme personne n'a jamais fusionné avec elle, s'efforce d'être une maman omniprésente quand sa mère à elle n'a jamais été à ses côtés.

Dans la vie de cette femme, le masculin a été tellement hostile, potentiellement dangereux, que Martin ne peut pas adhérer à un modèle masculin, car cela reviendrait à trahir sa mère. Captant le traumatisme maternel, il ne peut pas puiser chez un homme un modèle identificatoire satisfaisant, c'est-à-dire exempt de toute dangerosité. En s'affirmant en tant que petit homme, il deviendrait susceptible de faire lui aussi du mal à sa mère.

Le papa paraît être un homme gentil et courtois, mais il reste un peu à l'écart du couple formé par sa femme et son fils. S'il ne s'immisce pas davantage, c'est par respect pour l'histoire de sa femme, pour son besoin de fusion et d'amour. « Je les laisse, parce que je crois que c'est bon pour elle », dit-il. Pour que la situation s'arrange, pour que Martin se détache de sa mère dont il est tellement amoureux, il faut que le père prenne sa place, qu'il vienne jouer son rôle de décolleur de la dyade mère-enfant, rôle paternel par excellence qu'il n'a pas tenu jusqu'à présent. Martin l'exprime à sa façon en disant qu'il ne fait jamais rien avec son papa.

Maud, 5 ans, dit qu'elle n'aime pas l'école. Elle n'est d'ailleurs pas allée en petite section de maternelle, sa mère jugeant que ce n'était pas indispensable et acceptant de la garder avec elle. A présent, les difficultés de la fillette à suivre sa scolarité débutante font songer à un commencement de phobie scolaire. Elle a toutes les peines du monde à quitter sa maman et exprime une crainte assez vive de la mort.

Voilà encore une histoire d'intense fusion entre une mère et son enfant. Fusion outrée qui peut s'expliquer par le fait que, durant sa grossesse, la maman de Maud a perdu son père, sa mère mourant peu après. Après ces deux pertes successives, qui sont aussi une perte du triangle œdipien, la mère de Maud a sans doute eu besoin de créer un nouveau couple avec sa fille, qui est pour elle sa vraie famille. Visiblement, elle était elle aussi dans une relation très fusionnelle avec sa propre mère, puisque, dit-elle, « il ne se passait pas un jour sans que je la voie ».

Comme toujours, on peut se demander qui induit et sollicite la fusion. Je crois que la responsabilité en revient d'abord à la petite fille. Elle est née avec une capacité fusionnelle exacerbée, a sans doute besoin, plus que d'autres enfants, de coller, mais ce « collage » a été d'autant plus excessif que la mère a subi deux deuils successifs qui ont sans doute renforcé ses propres capacités à fusionner ; en s'accrochant à sa fille, sans doute cherchait-elle à combler le vide créé par la perte de ses parents.

Le père de Maud est présent à la consultation. Il semble bien loin de ce système fusionnel, mais pas indifférent pour autant, au contraire. Il se montre tolérant et affectueux avec sa fille, conscient qu'elle a besoin de se séparer de sa maman bien qu'il ne sache pas trop quoi faire pour les aider l'une et l'autre à y parvenir. Il est prêt à tenir son rôle, encore faut-il que la mère lui en laisse la possibilité. Lors de notre entretien, cette dernière y paraît disposée, comprenant que c'est pour le bien de sa fille.

Dans cette histoire encore, le seul remède à la fusion mère-fille, c'est le père. C'est lui qui, par sa présence, son affection, sa sérénité aussi, va pouvoir aider les deux à se séparer en douceur, sans que la mère ait l'impression d'abandonner sa fille et sans que celle-ci se sente abandonnée.

On l'a vu, la fusion se joue d'abord et essentiellement entre la mère et le bébé. Cela ne signifie pas qu'il ne peut pas y avoir fusion avec le père, mais ce sera déjà une seconde fusion, donc moins intense, puisqu'elle suppose une première séparation d'avec la mère, qui reste la seule à pouvoir créer la fusion biologique, organique et physique.

Je crois pourtant que, dans la mesure du possible – et dans le cas où la mère n'est pas empêchée, physiquement ou psychiquement de tenir son rôle –, le père ne doit pas s'efforcer de fusionner à son tour. Son rôle est au contraire celui de « défusionneur ». Le père est précieux, indispensable, en tant qu'il donne à la mère la force de ne pas s'occuper uniquement de son bébé, comme elle peut être encline à le faire durant les semaines de la préoccupation maternelle primaire dont parle Winnicott. Le bébé sent alors très vite qu'il y a un autre pôle d'intérêt que lui dans la vie de sa mère. Et c'est parce qu'il intéresse sa maman que le

père devient intéressant pour lui aussi. Dès les tout premiers jours de la vie, le père va introduire la notion si
essentielle de différence. Parce que ce papa n'a pas
la même texture de peau que celle de la maman, pas
la même voix, pas la même façon de le porter, de lui
donner le biberon ou de jouer avec lui, l'enfant perçoit, même confusément, qu'entre sa mère et lui il y a
déjà du tiers, de la différence, du « pareil » et du « pas
pareil » qui va l'aider à sortir de la fusion et à s'ouvrir
au monde. Si, dans un premier temps, il va s'identifier
presque exclusivement à la personne qui s'occupe le
plus de lui – la mère, donc –, peu à peu il va trouver
d'autres modèles identificatoires, dont le père, indispensables à sa construction.

Le père, c'est quelqu'un qui doit détourner la mère
de son bébé, tout en l'aidant et en la soutenant dans sa
mission maternelle. Quelqu'un qui doit être là, dès le
début. Il faudrait que chaque enfant puisse avoir cette
impression-là : que, dès avant sa naissance, son papa
était présent près de sa maman, que celle-ci n'a jamais
été seule et que, par conséquent, il n'a jamais été le
seul objet de son amour. Les femmes qui choisissent
de faire des enfants avec des amants de passage, celles
qui sont abandonnées malgré elles durant la grossesse,
devraient toujours raconter à leur enfant qu'ils ont été
conçus dans l'amour. Non seulement parce que ce dernier a besoin de le croire, mais surtout parce qu'il a
besoin de savoir que sa mère a eu d'autres amours que
lui. Sans doute l'enfant conservera-t-il malgré tout
l'espoir d'avoir été l'unique objet de l'amour maternel, mais cette espérance est moins toxique que la

certitude de l'être induite par l'absence de père, parce qu'elle comporte toujours une part de doute. Entre savoir et espérer, il y a ce parfum d'incertain qui, peut-être, facilite un tant soit peu la séparation.

Dans tous les cas, l'absence de père ne doit pas empêcher qu'il y ait du tiers entre la mère et l'enfant : un compagnon, un membre de la famille, un ami proche… quelqu'un qui vienne, non pas interdire la fusion, mais s'y immiscer. Sans quoi la fusion devient un piège.

Le sommeil, une petite séparation

La petite Antonia, 7 ans, a de grosses difficultés d'endormissement. Avant de se mettre au lit, elle se livre à de nombreux rituels : elle touche six fois le mur de sa chambre, douze fois l'interrupteur, plie et déplie son drap et sa couverture à plusieurs reprises, jusqu'à trouver le juste rabat qui n'est jamais à son goût. Voilà un comportement de type obsessionnel caractéristique. Mais, ce qui est plus intéressant encore avec Antonia, c'est qu'elle n'accomplit pas ces rituels seule. Tous les soirs, au moment de se coucher, elle appelle ses parents pour qu'ils la rassurent, dit-elle, parce qu'elle a moins peur s'ils sont près d'elle. Cependant, leur présence ne la dispense pas de se livrer à ces rituels conjuratoires. En réalité, elle les convoque, moins pour être rassurée que pour qu'ils assistent à ce spectacle et sans doute s'inquiètent pour elle. Elle ne peut pas imaginer d'être séparée d'eux, de ne pas être le centre de leurs préoccupations.

Les troubles du sommeil représentent la première cause de consultation pour les petits enfants. En l'absence de tout symptôme physiologique (difficulté respiratoire, régurgitations…), ceux-ci expriment une difficulté à se séparer des parents et à se retrouver seuls. Le nouveau-né s'endort dans les bras de sa maman ou de son papa, rassasié autant que rassuré ; on peut alors le glisser dans son berceau sans le réveiller. Un peu plus tard, dès qu'il ouvrira les yeux, il se mettra à pleurer, parce qu'il a faim, peut-être, et plus sûrement pour appeler ses parents près de lui, besoin vital puisqu'il n'existe qu'à travers eux. Plus il va grandir, plus il se sentira en sécurité, plus il parviendra à différer la satisfaction de son besoin et à supporter l'attente. Les insomnies du premier semestre sont le signe que le bébé est toujours dans une relation fusionnelle. Il a besoin d'être sans cesse collé à son objet de réassurance qu'est la mère (ou le père, bien sûr, ou toute personne qui prend soin de lui quotidiennement), parce qu'il ne réussit pas encore à s'autonomiser. La petite Antonia montre que, parfois, cette difficulté à se séparer perdure.

J'aime à voir l'enfant comme un conquérant. Curieux, avide, il est fait pour s'émanciper, partir à la découverte de grands espaces ignorés, gravir des sommets… Les parents sont alors des entraîneurs qui vont l'encourager à assouvir son désir de conquête en le rassurant sur ses compétences et ses capacités à les réaliser. On ne peut pas partir au combat sur un coup de tête, et les plus grands voyageurs préparent leurs expéditions. Cela n'empêchera pas le hasard, la surprise, l'excitation devant l'inconnu et, peut-être aussi, le danger, mais au moins aura-t-on mis toutes les chances de son côté pour affronter la nouveauté. De la même façon, l'enfant ne peut pas se séparer d'un seul coup, du jour au lendemain. Il doit faire ses gammes avant de partir à l'assaut de nouveaux territoires de liberté. Crapahuter à quatre pattes ou se traîner sur les fesses avant de pouvoir marcher, faire les premiers pas qui lui permettront plus tard de prendre le large. Rester quelques heures sans couche avant de pouvoir être propre, le jour d'abord, puis la nuit. Dans les crèches, les puéricultrices ont bien compris cette nécessité de se séparer en douceur, et elles invitent les mamans à une adaptation progressive : celles-ci resteront d'abord quelques heures avec leur enfant, puis le laisseront une demi-journée, avant qu'il puisse y passer la journée entière sans se sentir perdu.

Puisque le sommeil représente bien une séparation, il faut donc apprendre à l'enfant à l'apprivoiser. C'est très joli de dire aux parents de fermer la porte et de laisser l'enfant hurler en attendant qu'il tombe d'épuisement, mais ce n'est sûrement pas la bonne solution. Ils doivent au contraire y aller progressivement pour lui permettre de conquérir cette séparation petit à petit, à son rythme. Laisser une lumière allumée et la porte ouverte afin qu'il sente leur présence et n'ait pas une impression d'isolement et d'abandon. Rester avec lui le temps d'une histoire, d'une chanson, d'un câlin. Le rassurer avec des mots : « On est là, tout près ; si tu nous appelles, on vient. » Ne pas le forcer à dormir mais l'autoriser à jouer un peu, et venir voir régulièrement si tout va bien.

Pour s'endormir, et pour bien d'autres choses encore, l'enfant a besoin de rituels qui ponctuent le temps, dessinent un cadre où il peut se repérer et se sentir en sécurité. Le rituel implique aussi la répétition qui permet d'apprendre. Qui pourrait prétendre savoir ses tables de multiplication en les ayant lues une seule fois ? Il faut les répéter et les rabâcher encore, ânonner, se tromper, se décourager parfois, recommencer, avant de se rappeler d'abord des bribes puis de tout connaître par cœur. La séparation, comme les tables de multiplication, ça s'apprend : on commence par la table de 2, avant de s'attaquer aux tables de 8 et de 9.

Sucer son pouce, se tourner du côté gauche en position du fœtus, éteindre la lumière à une heure précise, régler le réveil, ouvrir la fenêtre (ou la fermer), boire une gorgée d'eau ou un verre de lait chaud, enrouler le coin de la couverture autour de son doigt… A tous les âges, l'endormissement est un moment propice aux rituels que chacun met au point, de façon plus ou moins obsessionnelle. Rituels pour conjurer la peur ? On le comprend d'autant mieux si l'on veut bien considérer que le sommeil est en quelque sorte une auto-séparation. Dormir, c'est se séparer un peu de soi, de sa vie. On abandonne ce (et ceux) que l'on aime, et surtout on s'abandonne. S'abandonner, la belle affaire ! On s'abandonne à la douceur d'un instant, on se laisse aller, on baisse la garde, on renonce à se défendre et à se protéger, on rend les armes. S'abandonner dans les bras de sa mère, après la tétée, rassasié, comme on s'abandonnera peut-être plus tard dans les bras d'une personne aimée, après l'amour, enfouissement contre l'autre, signe de tendresse, de confiance et d'apaisement.

Mais comment s'abandonner seul entre les bras de ce Morphée que l'on ne connaît pas ? Accepter de quitter la vie, ne serait-ce que quelques heures, et de se perdre soi-même ? S'abandonner suppose de se sentir en paix, d'être en harmonie avec soi-même et avec le monde. On comprend tout de suite qu'il y a mille raisons de ne pas réussir à s'endormir, à tout âge : la journée a été mauvaise, on a raté un examen, on appréhende un rendez-vous le lendemain, on n'a pas fini un devoir, on s'est fâché avec un copain, on a le sentiment qu'on n'est pas reconnu… Le sommeil est une conclusion à la veille de la journée. Si la journée a été riche et pleine, on l'abandonne sans regret, parfois même avec satisfaction. Mais il est plus difficile de quitter le jour qui ne nous a pas comblé.

Heureusement, le rêve est là pour nous aider à traverser la nuit sans nous perdre tout à fait. Freud prétendait que le rêve protège le sommeil et le dormeur. En tout cas, il est une réappropriation de soi ou, à tout le moins, une réapparition de soi. Réapparition du sujet, fantasmatique, chaotique, dans le désordre, mais c'est toujours du sujet qu'il s'agit. On rêve (de) soi, seul, jamais à deux ; on ne partage pas les rêves de la nuit.

L'abandon est tel qu'on éprouve parfois au réveil un moment de flottement et, à nouveau, on a recours à des rituels pour reprendre contact avec la réalité diurne. La confusion est plus grande encore quand, au hasard d'un voyage, on ouvre les yeux dans une chambre qui n'est pas familière. « Où suis-je ? » Une crainte plus ou moins vague nous assaille. Est-ce un rêve ? un cauchemar ? Dort-on encore ? Très vite, un détail nous rassure et nous permet de nous situer. Le réveil sonne l'heure des retrouvailles avec nous-mêmes. Ce soir, on aura peut-être un peu moins peur de s'abandonner. La perspective des retrouvailles adoucit toute séparation.

Les bienfaits de la maternelle

Il m'arrive de faire mes consultations au domicile des enfants. Pas assez, à mon goût, parce que je suis persuadé qu'on comprend mieux les gens en les voyant dans leur milieu naturel plutôt qu'en restant coincé derrière son bureau de « spécialiste ».

Ce jour-là, je vais voir Emilie, 3 ans. Il y a là sa mère, ses deux sœurs aînées de 9 et 10 ans et une de leurs copines. La mère m'a consulté parce que sa petite dernière n'arrête pas de la coller et refuse de faire des choses sans elle.

Au début, je me mets dans un coin de la pièce et j'observe la pitchoune sans m'approcher. De son côté, elle m'examine du coin de l'œil, se demandant sans doute ce que je fais là. Puis, constatant que j'ai l'air inoffensif, elle commence à jouer sans plus se soucier de ma présence. Elle prend ses jouets, qu'elle jette aussitôt, réclamant que sa mère les lui rapporte en chouinant avec plus ou moins de vigueur jusqu'à ce que celle-ci réponde à sa demande. Au bout de quelques instants, j'interviens de façon un peu agressive : « Puisque tu l'as jeté, tu n'as qu'à le ramasser toi-même », me mettant, je l'avoue, au niveau d'un gamin bêtement vengeur : « Bien fait pour toi ! » Mais, dans le même temps, je retrouve ma position de psychiatre pour signifier à la mère de ne pas combler tous les désirs de sa fille et de la laisser se débrouiller un peu toute seule.

Curieusement, la fillette ne paraît pas m'en vouloir ; elle sourit de mon attitude et se remet à jouer sans s'intéresser ni à sa mère ni à moi. Elle recommence à pleurer quand les aînées réclament d'aller à la plage pour se baigner. Sur le chemin, Emilie refuse de quitter sa mère et s'agrippe à sa main ; et plus celle-ci tente de la convaincre de rejoindre le groupe des grandes, qui marche devant, plus la petite proteste et pleurniche. Je recommande à la mère de ne plus s'en occuper, de faire comme si de rien n'était, et nous continuons à marcher sans nous laisser troubler par les jérémiades. Peu à peu, la fillette entreprend de faire des allers-retours entre le groupe des grandes et nous, elle repart et revient aussitôt prendre la main de sa mère, jusqu'au moment où elle reste avec les aînées, se retourne vers sa maman en lui adressant un sourire lumineux de fierté. Un sourire qui signifie : « Tu vois, je t'ai lâchée, j'irai me baigner avec mes sœurs, mais sans toi. »

Quelques semaines plus tard, Emilie fera son entrée à la maternelle. Elle pleurera un peu le premier matin, mais sa mère tiendra bon, sans se laisser attendrir, et, au bout de deux ou trois jours, la fillette ira à l'école avec plaisir.

On pourrait dire que la maternelle fait office de tiers séparateur et, pour les mamans, elle représente une excellente opportunité de se séparer de leur enfant. Il traverse alors cette fameuse phase d'opposition par laquelle il tente de s'affirmer en tant que sujet autonome, tout en testant les limites de ses parents. L'attitude d'Emilie est à cet égard significative : elle jette les jouets, comme elle jetterait sa mère, mais exige qu'ils lui soient restitués aussitôt par celle-ci. « Je te lâche, je t'attache, je m'éloigne, je te colle, va-t'en, reviens… » Comme tous les enfants, Emilie oscille entre besoin d'autonomie et besoin de s'assurer de l'affection maternelle, besoin de distance et besoin de proximité. Mais elle tente toujours de soumettre sa mère à son désir et à son exigence, et l'on comprend pourquoi il est essentiel alors que sa mère ne cède pas à toutes ses demandes : en montrant à sa fille qu'elle n'est pas à sa disposition, elle va l'aider à renoncer à son sentiment de toute-puissance et lui apprendre à se débrouiller seule, sans son aide, lui donnant ainsi confiance en ses capacités.

Survenant durant cette phase souvent épuisante pour les parents, l'entrée en maternelle apparaît comme une étape nécessaire, plus encore pour les enfants qui, comme Emilie, ne sont pas allés à la crèche. En l'éloignant de sa mère, la maternelle va lui permettre d'échapper à une relation duelle trop fusionnelle et de se confronter aux autres, qui vont devenir pour elle de nouveaux modèles identificatoires, représentant une ouverture sur le monde et un enrichissement de ses possibilités.

Chaque progrès vers l'autonomie est, pour l'enfant comme pour ses parents, source de joie et de fierté, mais il s'y mêle parfois un parfum de nostalgie car il marque la fin de quelque chose. L'enfant n'en finit pas de découvrir qu'il n'est pas tout pour ses parents ; de leur côté, ils réalisent, eux, qu'ils ne sont pas tout pour lui.

Qui a le plus de mal à lâcher l'autre ? On prétend souvent que ce sont les mères qui vont à l'encontre de l'autonomie de l'enfant et cherchent à prolonger une fusion, incapables qu'elles seraient de renoncer au sentiment de toute-puissance que celle-ci leur procure. Je crois pour ma part qu'il y a essentiellement des enfants qui naissent avec ce que l'on pourrait appeler un « don d'anxiété », une capacité d'agrippement, que la maman perçoit et à laquelle elle répond. Ce qui engendre parfois des agrippements réciproques. On peut ainsi imaginer que la mère d'Emilie était issue d'une lignée d'agrippeuses ; qu'elle avait elle-même éprouvé des difficultés à se décoller de sa propre mère. Cela ne signifie pas que l'histoire se répète inexorablement – Dieu me garde de pareille imbécillité ! –, mais il existe chez chacun des fragilités. Et l'on se retrouve, au cours de sa vie, dans des situations qui entrent en résonance avec ces fragilités, viennent les révéler, les exacerber. Cette fragilité, il faut l'imaginer comme un sillon. On peut passer longtemps à marcher autour ou à côté, en toute insouciance, mais le sillon existe et si, par hasard, par coïncidence, la vie remet nos pas dans le sillon, on est déséquilibré, on retrouve quelque chose de sa fragilité d'antan, que l'on croyait pourtant avoir oubliée. Mais parce qu'elle est restée gravée, elle se creuse et se renforce.

L'art de raconter des histoires

La petite Sophie, 6 ans et demi, se dit très malheureuse au CP où elle a des difficultés d'apprentissage en lecture et en écriture. Elle est d'autant plus malheureuse que son père, plus agressif encore que sévère, lui répète qu'il ne pourra plus l'aimer si elle ne travaille pas. Un peu en retrait, sa mère ne dit rien et ne juge pas utile de tempérer les propos du père.

Restée seule avec moi, Sophie me raconte que, dans son malheur, elle a un rayon de soleil : son grand-père paternel. Un grand-père affectueux et bienveillant qui, chose extraordinaire, possède trois ruches quelque part dans les Alpes. Il fabrique du miel du Mont-Blanc, un miel blanc délicieux auquel la petite fille prête des vertus particulières : pour l'aider à apprendre, son papy lui donne un peu de son miel et sa mère assure que si elle en mange, elle travaillera mieux.

Quand il n'est pas occupé à surveiller ses ruches, le grand-père est très présent auprès de sa petite-fille. « Parfois, le soir, il fait les devoirs à ma place. C'est un secret ; alors, quand j'ai une mauvaise note, ce n'est pas de ma faute, mais je ne peux pas dire que c'est papy qui s'est trompé », me confie-t-elle.

Un jour, Sophie arrive à la consultation en colère. Son grand-père est méchant, se plaint-elle, « parce qu'il a dit qu'il aimait tout de même mon papa et que si je continuais d'être vilaine et de ne pas travailler, il ne me donnerait plus de miel et serait obligé de m'aimer moins lui aussi ». Comme je m'étonne de cette réaction inattendue chez ce grand-père idéal, Sophie m'explique qu'il est malade : « Il va bientôt mourir et peut-être qu'il dit des choses pareilles pour me faire croire qu'il n'est pas gentil, comme ça je serai moins triste quand il mourra. »

A quelque temps de là, je choisis de convoquer le père et la mère de Sophie, comme je le fais régulièrement, pour faire un point sur l'évolution de leur fille et parler avec eux de ses progrès, dans la thérapie comme dans sa vie à la maison et à l'école. Lorsque je demande des nouvelles du grand-père, le papa de Sophie me regarde, ahuri : celui-ci est mort peu après sa naissance à lui, et il l'a à peine connu…

Tous les enfants inventent des histoires. Ils se les racontent à eux-mêmes, et parfois aussi aux autres, qu'ils tentent d'embarquer ainsi dans leur univers fantasmatique. On dit alors un peu vite que les enfants mentent, sans doute à tort car le mot « mensonge » évoque un péché et désigne ce qui est mal, ou du moins répréhensible, quand la réalité et la vérité – au sens quasi policier du terme – représenteraient toujours le bien. A mes yeux, loin d'être condamnable, le « mensonge » est au contraire un signe de bonne santé, l'indicateur d'une excellente évolution psychique. Par ses affabulations, l'enfant s'affirme en tant qu'être libre : libre d'imaginer sa vie, de prendre de la distance par rapport à ses parents, aux vérités qu'ils lui assènent et à la réalité telle qu'elle est. En inventant des histoires, il montre que sa pensée lui appartient en propre.

Si les parents s'en agacent vite – « Arrête de raconter n'importe quoi ! » –, ce n'est pas seulement par peur d'être manipulés mais parce qu'ils sentent confusément que, par là, leur enfant s'éloigne d'eux et échappe à leur emprise. Ils ont raison : le « mensonge » marque une prise d'autonomie psychique et constitue une étape presque obligée sur le chemin de la séparation et de la conquête de soi. Le plus bel exemple en est le roman familial que tous les enfants s'inventent autour de 5, 6 ans. Ils s'imaginent fils ou fille de roi, ce qui leur permet à la fois de « réviser » les images parentales et de les idéaliser. Le roman familial perdure d'ailleurs à travers les âges, au point que l'adolescent reproche souvent à ses parents moins d'être ce qu'ils sont que de ne pas être ceux qu'il avait imaginés.

Même s'ils l'ignorent, les parents sont les premiers vecteurs de mensonge quand ils jouent à faire semblant. Lors d'un jeu de cache-cache, par exemple, l'enfant passe la tête hors de la cachette dans l'espoir de se faire remarquer, croise le regard de son papa ou de sa maman qui font comme s'ils ne l'avaient pas aperçu – « Mais où es-tu, petit coquin ? Attention à toi ! Quand je vais te trouver… » – dans le but de prolonger le plaisir du jeu. L'enfant jubile, mais il n'est pas dupe, il sait bien que ses parents l'ont vu. Une autre fois, l'enfant est dans la cuisine, les joues barbouillées de chocolat. Sa maman arrive et, découvrant à côté du gourmand l'emballage vide, elle s'exclame : « Tiens, c'est drôle, une petite souris a mangé tout le chocolat ! » L'enfant approuve, ravi : « Oui, je l'ai vue passer et j'ai même pas eu peur… »

Le « mensonge » – en tout cas le faire-semblant – lui apparaît peu à peu comme un jeu autorisé. Sauf que les parents l'autorisent plus volontiers s'ils y participent ; dès lors que l'enfant se pique d'inventer ses propres histoires, ils s'énervent, grondent et parfois se fâchent.

Bien sûr, il existe plusieurs sortes de mensonges. Le mensonge liberté, qui permet de recréer le monde pour mieux se l'approprier : « Je pense le monde, donc il est à moi. » Le mensonge compensation : « Je suis très fort, j'ai battu tout le monde à la course », qui vient pallier un manque de confiance en soi et constitue une tentative pour se rendre intéressant. Le mensonge protecteur, afin de défendre son espace intime face à des parents inquisiteurs qui veulent tout savoir des faits et gestes de leur enfant. Enfin, il y a le mensonge pervers, pathologique, par lequel on cherche à manipuler l'autre, à le contenir et à le maîtriser, en sapant son estime de soi.

En dehors de ce dernier cas, le mensonge est bien souvent une défense que l'enfant met en place pour se protéger de la réalité. C'est le cas de Sophie : elle invente un lien poétique qui la comble et l'aide à mieux supporter le caractère insatisfaisant du lien réel avec son père. Elle a besoin de cette création imaginaire pour se défendre de l'agressivité paternelle : elle projette sur son grand-père toutes les qualités qu'elle aurait aimé trouver chez son père, lui prêtant les mots pleins de réassurance et d'affection qu'elle avait besoin d'entendre et que ses parents ne prononçaient jamais. Son mensonge est comme un pansement sur une blessure, qui aide à la cicatrisation psychique. En ce sens, loin de freiner son développement, il lui sert d'étayage pour se construire sans trop souffrir.

Sophie a réussi à m'embarquer moi aussi dans son mensonge. Mais de nous deux, qui croyait le plus à l'existence de son grand-père ? Sans doute la fillette était-elle moins dupe que moi.

3. Tentatives pour prolonger la fusion

Parce qu'il est peut-être plus anxieux que d'autres, ou parce qu'il n'a pas réussi à avoir un attachement assez sécure pour pouvoir y puiser la confiance en soi nécessaire, l'enfant a parfois du mal à franchir les étapes de l'autonomisation. Par des comportements, des symptômes ou des somatisations, il cherche alors à prolonger un « collage » archaïque, montrant une tendance à la régression qui traduit sa difficulté – voire son refus – de grandir.

Une carrière de « fusionneur »

Florian, 12 ans, paraît réservé et un peu craintif. Il me déclare d'emblée : « Je souffre de dépression chronique et de troubles du comportement. » Chose étonnante, il pose d'entrée de jeu un diagnostic sur son cas, comme s'il maîtrisait parfaitement le DCM IV, cette classification des maladies psychiques. Il faut dire qu'il a été hospitalisé il y a peu dans un service qui l'a étiqueté « dépressif chronique » et l'a soigné à coups d'antidépresseurs. Sans résultat, puisqu'il continue d'aller mal et d'avoir des difficultés à suivre sa scolarité.

Le garçon me raconte comment cela a commencé : un jour où il marmonnait dans la cour, pestant contre cette école où l'on ne respectait personne, un professeur lui a donné un coup de pied. Quand Florian s'en est plaint, personne n'a cru à son histoire, ni ses parents ni les élèves, les uns et les autres l'accusant de raconter n'importe quoi, d'être délirant, et ses camarades le prenant pour cible de leur agressivité. Finalement, ses parents l'ont placé en internat, expérience douloureuse qu'il a vécue comme un abandon : il a eu l'impression qu'ils le sanctionnaient et se désolidarisaient de lui en donnant raison au professeur qui l'avait malmené. A l'internat, la phobie scolaire de Florian ne s'est pas améliorée. C'est pourquoi il a été hospitalisé une première fois avant de venir me consulter.

Bien malgré lui, ce garçon décrit ce que j'appellerais, avec beaucoup d'empathie, une carrière de « fusionneur ». Tout a commencé, lorsqu'il était petit, par des crises d'asthme, et Florian se souvient encore que, durant les crises, sa mère le prenait dans ses bras et le regardait respirer, guettant son souffle avec inquiétude comme si ce pouvait être le dernier.

Cette difficulté respiratoire, caractéristique de l'asthme, a fondé chez lui une vive crainte de la mort, qui a entraîné à son tour une crainte de se séparer de ses parents, chargés en quelque sorte de le protéger de la mort. L'asthme, comme d'autres troubles, pose la question de la psychosomatique. Le psychisme peut-il créer une maladie ? L'asthme est dû, sans aucun doute, à une vulnérabilité physique au niveau des bronches, mais c'est une vulnérabilité psychique qui va transformer cette dernière en maladie – certains naissent en effet avec la même fragilité des bronches sans faire pour autant de crises d'asthme. En d'autres termes, le psychisme fonctionne comme un révélateur ou un accélérateur des possibilités organiques ; il ne crée pas la maladie mais, sur un terrain sensible et prédisposé, il la réveille.

Chez Florian, la crainte de la mort et de la séparation s'est traduite un peu plus tard par sa difficulté à aller à l'école, qui évoque une phobie scolaire. La solution de l'internat, choisie par ses parents, est aujourd'hui préconisée par de nombreux psychiatres, essentiellement pour les adolescents qu'il convient d'éloigner de leur famille quand les relations deviennent trop conflictuelles.

Même si cette solution paraît encore radicale à certains d'entre nous, l'internat représente plutôt un remède homéopathique pour soigner une fusion excessive ; en comparaison, la psychothérapie s'apparenterait davantage à une intervention chirurgicale. Prescrire l'internat, c'est reconnaître non seulement que les parents ne peuvent pas s'en sortir seuls, mais aussi que les psychiatres ne sont pas plus compétents qu'eux. L'éloignement géographique a, certes, le mérite d'introduire de la non-continuité dans la relation, et c'est dans cet espace que la fusion va s'étioler, puisque les parents et l'adolescent n'auront plus ni le temps ni les moyens de dysfonctionner, comme ils le faisaient auparavant, en étant trop proches. On peut alors espérer que, une fois séparés, ils vont avoir la disponibilité et la possibilité de s'ouvrir à autre chose. L'internat permet sans nul doute de rompre la routine et de favoriser une certaine autonomisation. Mais, dans le fond, si l'on en vient à cette solution, n'est-ce pas parce qu'on n'a pas su jusque-là soigner la fusion avec les remèdes qui nous étaient proposés ? La halte-garderie, la maternelle, les classes vertes, les colonies de vacances, les séjours chez les grands-parents… sont autant de moyens qui nous sont offerts d'apprendre à se séparer en douceur, moyens dont on doit se saisir pour encourager l'enfant à conquérir le monde sans ses parents.

Pour Florian, l'internat n'a pas servi à grand-chose, sinon à exacerber ses difficultés, sans doute parce qu'il a représenté une punition et un abandon. Sans le présenter comme une chance, les parents et les psychiatres devraient expliquer à l'adolescent que cette solution est prise pour le soulager, lui, avant même de soulager ses parents, tout le monde étant empêtré dans des liens trop serrés qui renforcent les conflits. Lui laisser entrevoir qu'il peut vivre sans ses parents – ce à quoi il aspire sans y parvenir – et trouver en lui des stratégies personnelles pour affronter ses difficultés est sûrement plus constructif que de lui donner l'impression que l'on se débarrasse de lui et des problèmes qu'il crée.

Quand je le rencontre, Florian a fini par s'attacher à sa « dépression chronique avec troubles du comportement ». Il est devenu sa maladie, qui envahit sa vie. Lorsque, à mon tour, je lui propose de l'hospitaliser, en arrêtant cependant tout traitement médicamenteux parce que je suis sûr qu'il n'est ni fou ni malade, seulement fragile, il me dit, des larmes dans la voix : « J'ai envie de pleurer… Merci, docteur. » De quoi peut-il donc me remercier, si ce n'est de le considérer comme un sujet plutôt que comme une pathologie et de choisir d'être pédopsychiatre plutôt que « chimiatre » ?

Après s'être senti abandonné une première fois à l'internat, Florian s'est senti de nouveau abandonné à l'hôpital, où il ne voyait plus ses parents – c'est un grand standard aujourd'hui pour certaines pathologics : les (pré)ados hospitalisés n'ont droit qu'à quelques contacts téléphoniques avec leurs parents. Abandonné aussi à un diagnostic et à une prescription qui le fixent dans son trouble. Sans doute Florian doit-il « couper le cordon », selon l'expression consacrée. Il semble pourtant que toute séparation radicale avec ses parents renforce ses craintes maladives plus qu'elle ne les apaise. Il faut donc qu'il puisse continuer à les voir, mais de façon plus distante et dans un cadre à la fois neutre et rassurant, afin de parvenir à desserrer peu à peu ce lien qui l'étouffe – comme déjà l'asthme l'étouffait. L'hospitalisation et la psychothérapie vont lui permettre de créer du lien ailleurs, et si, pendant un temps, il risque de s'accrocher au thérapeute comme il s'accroche à ses parents, à sa mère surtout – c'est ce que l'on appelle le transfert –, ce sera un accrochage temporaire, avec un tiers séparateur qui lui permettra de trouver en lui l'assurance qui lui fait défaut.

Y a-t-il une raison objective à la fragilité de ce garçon ? Et peut-on pointer la mère du doigt, la soupçonnant d'emblée d'être trop fusionnelle ? Même en tant que psychiatre, il faut savoir renoncer à tout expliquer et accepter le fait qu'il existe, chez tout individu, une part d'inné. On naît plus ou moins anxieux, plus ou moins curieux, plus ou moins fragile… C'est cette part d'inexplicable qui va faire de chacun un être singulier, avec une histoire unique, les mêmes causes n'ayant jamais les mêmes effets chez deux personnes distinctes. Les parents, eux, s'adaptent toujours à leur enfant, ce que Winnicott exprime par ces mots : « Les parents dépendent des tendances innées du nourrisson […]

L'environnement ne façonne pas l'enfant. Au mieux, il permet à l'enfant de réaliser un potentiel. »

« Ma seule consolation, quand je montais me coucher, était que maman viendrait m'embrasser quand je serais dans mon lit. Mais ce bonsoir durait si peu de temps, elle redescendait si vite, que le moment où je l'entendais monter, puis où passait dans le couloir à double porte le bruit léger de sa robe de jardin en mousseline bleue, à laquelle pendaient des petits cordons de paille tressée, était pour moi un moment douloureux. Il annonçait celui qui allait suivre, où elle m'aurait quitté, où elle serait redescendue[1]. » Marcel Proust nous donne là un bel exemple de ce que peut être un enfant fusionneur, doté d'une si grande anxiété qu'au lieu d'anticiper le retour de la mère, il anticipe toujours son départ, incapable qu'il est de s'abandonner à la douceur de sa présence.

L'impossibilité d'aller à l'école

Depuis le début de l'année, date de son entrée au CP, Isabelle, 7 ans, développe une phobie scolaire. A peine levée le matin, elle demande avec inquiétude s'il y a école, pleure, refuse de s'habiller, tente de convaincre sa mère de l'emmener à son travail où elle promet de se tenir tranquille… Isabelle est visiblement en proie à une grande anxiété et refuse de rester seule

---

1. *Du côté de chez Swann*, « La Pléiade », Editions Gallimard.

avec moi lors de la consultation ; l'idée de se séparer de sa maman lui est insupportable. Cette angoisse de séparation paraît liée à des événements particuliers dans son histoire : son père, victime d'un accident de la circulation, a dû être hospitalisé, et son grand-père, actuellement en phase terminale d'un cancer, est hospitalisé lui aussi.

On aurait tort de croire que la phobie scolaire s'apparente à un caprice. « Je n'ai pas fait mes devoirs », « je n'aime pas la prof de maths »… donc je n'ai pas envie d'aller à l'école. Dans ce cas, soit on fait de la résistance passive en refusant de travailler, ou en se contentant du minimum, soit on fait l'école buissonnière : on sèche les cours, on « miège », dit-on dans le Midi, pour prendre du bon temps avec les copains, traîner, aller au cinéma ou à la pêche. L'école buissonnière, c'est le bonheur. Tout le contraire de la phobie scolaire, qui est une angoisse telle qu'elle entraîne une impossibilité de franchir les portes de l'école. Souvent, la phobie scolaire commence par une crainte particulière : crainte d'un groupe d'enfants dont on croit qu'ils nous en veulent, ou crainte d'un professeur. Peu à peu, l'école apparaît comme le lieu de tous les dangers, et cette crainte envahit tout, au point de bloquer la moindre possibilité d'apprentissage.

On ne doit pas prendre la phobie scolaire à la légère. Parfois, elle marque le début de graves troubles de la personnalité ou de la schizophrénie. Parfois, elle est moins lourde de conséquences, même si elle demeure un trouble sérieux à prendre en considération. On dit souvent qu'elle exprime une angoisse de séparation ; il y aurait incapacité à défusionner, avec la mère notamment, et à s'en détacher. Pour ma part, je crois que cette angoisse est en partie due à l'idée de la mort. En interrogeant les enfants victimes de phobie scolaire, je me suis aperçu que, souvent, ils avaient été confrontés, de plus ou moins près, à une mort dans leur entourage.

Coïncidence, la phobie scolaire débute fréquemment soit à l'entrée au CP, vers 6 ans, soit à l'entrée au collège, vers 11 ans. 6, 7 ans, c'est l'âge où l'enfant comprend que la mort est irréversible et commence à penser qu'elle peut aussi toucher ses parents. Ne pas aller à l'école est un moyen de rester avec eux, comme si, par sa présence, il pouvait les empêcher de mourir. Vers 11 ans, à l'orée de l'adolescence, l'idée de la mort prend une nouvelle intensité. S'il sait que ses parents peuvent mourir, d'autant plus qu'il les perçoit maintenant vieillissants, l'enfant prend conscience que lui aussi est mortel, et il va parfois jouer avec la mort pour mieux tenter de maîtriser sa vie. La mort, ultime séparation, représente une obligation de se détacher, ce à quoi l'adolescent aspire en même temps qu'il le redoute. Ne pas aller au collège, c'est aussi ne pas se séparer de ses parents, rester dans une immuabilité qui est un gage d'éternité. Le jeune adolescent régresse, tente de fusionner encore, pour ne pas voir que le temps s'écoule, que ses parents ne sont pas éternels et que l'on doit s'éloigner les uns des autres, inexorablement. Il reste attaché pour mieux conjurer la mort. Sûrement, la phobie scolaire exprime une incapacité à grandir, à accéder à une nouvelle étape qui marque ici la transition de l'enfant à l'adulte.

En outre, le passage au CP et l'entrée au collège constituent deux moments importants de l'existence. Dans le premier cas, on quitte le monde protégé de la toute petite enfance, la maternelle, avec ses jeux, ses chansons, pour entrer à la grande école, plus sérieuse et plus exigeante, où l'on va se consacrer aux apprentissages. L'âge de raison, qui marque le début de la phase de latence, met fin à la période œdipienne, dont l'enfant qui souffre de phobie scolaire semble ne pas être encore sorti.

Quant à l'entrée au collège, elle me semble être le plus important rite initiatique de notre époque, dont on prétend qu'elle en est totalement dépourvue. Celui qu'on désigne sous le nom de « préadolescent » est désormais confronté à plus grand que lui, alors qu'en fin de primaire, le grand, c'était lui. Dans la cour de récréation, il redevient le plus petit, envieux et effrayé par les plus âgés. L'instituteur ou l'institutrice, qui pouvait servir de substitut parental, est remplacé(e) par plusieurs professeurs ; il n'y a plus une salle de classe où chacun avait sa place désignée, avec ses affaires bien rangées sous son pupitre, mais on passe de salle en salle, en transportant son cartable. C'en est bel et bien fini du cocon du primaire et, en comparaison, le collège peut être vécu par les plus fragiles comme menaçant, agressif et déstabilisant.

Face à un enfant qui refuse d'aller à l'école, les parents sont souvent désemparés. Ils pensent d'abord que l'école et un enseignant plus particulièrement ne conviennent pas à l'enfant ; ils le changent donc d'établissement, mais voilà que la peur recommence. Percevant confusément que ce n'est pas l'école qui est en cause, mais l'enfant – qu'ils soupçonnent un moment de « faire (au moins un peu) du cinéma » –, ils essaient de marchander : « Si tu vas à l'école, je t'achèterai un jeu vidéo » (ou un vélomoteur, ou quoi que ce soit dont l'enfant rêve et qu'on lui promet pour le convaincre de suivre sa scolarité). Cependant, cette perspective ne parvient pas à balayer l'angoisse. Ils peuvent aussi conduire l'enfant de force, le confier à une institutrice, mais il continuera à hurler ou tentera de s'éclipser dès que celle-ci aura le dos tourné.

Tenter de tenir bon, par tous les moyens, ne sert à rien. La phobie scolaire étant toujours un sujet de conflit et de tension entre parents et enfant, on risque d'aggraver la situation familiale, les uns et les autres se retrouvant en position d'échec et d'incompréhension mutuelle. Cette attitude est impossible à tenir car l'enfant est vraiment dans l'incapacité d'aller à l'école.

Au contraire, on peut accepter de le déscolariser un temps, de lui faire suivre un enseignement à distance avec un suivi en hôpital de jour. C'est la position que je défendrais. Il ne s'agit pas de rentrer dans le jeu de l'enfant, parce qu'il n'est pas question de jeu pour lui. Il est en proie à une crainte qu'il ne maîtrise pas, qui le submerge et le fait souffrir. Lui permettre de ne pas aller à l'école qui focalise toute sa peur, c'est lui donner la possibilité d'apprivoiser cette peur en la tenant un peu à distance elle aussi. Lorsqu'un enfant se casse la jambe ou se fracture le bassin, on ne se demande pas s'il peut aller en cours. De même qu'on reconnaît une incapacité physique provisoire, on doit prendre en compte l'incapacité psychique que représente la phobie scolaire. On a encore trop tendance à la nier, comme s'il suffisait à l'enfant de faire un effort pour s'en sortir. En réalité, le problème n'est pas qu'il n'aime pas apprendre, c'est qu'il *ne peut pas* aller à l'école. Il faut donc l'aider à suivre ses études, pour lui éviter un redoublement, et les associations qui assurent un soutien scolaire à domicile avec des professeurs des collèges devraient se multiplier. Dans le même temps, il faut aider l'enfant à acquérir peu à peu la capacité de se séparer, en instaurant des séparations brèves dans un cadre plus rassurant, comme un hôpital de jour où il suivra une psychothérapie, afin de mentaliser sa peur et de l'abandonner progressivement.

La phobie scolaire ressemble à une épidémie moderne. Sans doute y avait-il autrefois des enfants atteints de cette pathologie à laquelle on n'avait pas encore donné de nom ; mais l'école, les diplômes avaient alors moins d'importance qu'aujourd'hui, où plus rien ne semble possible hors du cursus classique et où sortir du système scolaire est vécu comme un échec qui ampute les perspectives d'avenir. Les phobiques d'autrefois devenaient bûcherons, boulangers, menuisiers ou maçons, avant qu'on ait eu le temps de les stigmatiser. En suivant un apprentissage chez un artisan, ils retrouvaient probablement un peu de la sécurité et de l'intimité de la cellule familiale qu'ils avaient par ailleurs tant de mal à quitter.

Il y a peut-être une autre cause à l'« épidémie » de phobie scolaire à laquelle nous assistons : ce sont les progrès accomplis par les parents, bien meilleurs que ceux d'autrefois, plus attentifs, plus compréhensifs, plus disponibles. Cela peut paraître une boutade, et pourtant… Comment quitter des parents si bons ? Comment se séparer de ceux qui sont toujours prêts à satisfaire vos envies comme vos besoins ? C'est tout le problème auquel sont confrontés les enfants et, plus encore, les adolescents d'aujourd'hui. Pourquoi prendraient-ils le risque de la frustration quand les parents font tout leur possible pour les combler sans cesse ? Pour avoir envie de sortir du cocon de la famille, il faut que celle-ci sache créer le manque.

Se séparer d'un symptôme

La maman de Julie raconte que, dès la naissance de sa fille, elle a ressenti le besoin de la protéger parce qu'elle sentait que son bébé était fragile et n'avait qu'elle au monde. Elle fait même remarquer que le terme « protection » est faible, que c'était de l'hyperprotection de sa part : elle détestait que quelqu'un prenne Julie dans ses bras, il fallait se contenter de la regarder. Elle dit aussi que sa mère à elle était très anxieuse et ne cessait de lui recommander de faire attention à tout avec la fillette. Elle se souvient des visites chez le pédiatre où elle s'appliquait à l'écarter des autres enfants, toute angoissée qu'elle était à l'idée que Julie puisse attraper la moindre maladie.

Durant deux ans, Julie a vécu dans un cocon ; et pourtant, quand elle a dû faire son entrée en maternelle, elle semblait heureuse. Sa mère se rappelle les mots de la pitchoune, à la fin de son premier jour d'école : « Quand est-ce qu'on y retourne, maman ? » Des mots qui montrent qu'elle ne redoutait pas de quitter sa mère pour faire ses premiers pas dans le monde des « grands ».

C'est en maternelle pourtant que Julie a commencé à être malade : varicelle, pneumopathie, rhinopharyngites, otites et angines à répétition… Elle résistait néanmoins vaillamment à ces maladies bénignes, comme tous les enfants de son âge, fabriquant ainsi des anticorps. Les choses se sont gâtées lors d'une épidémie de gastro-entérite : Julie a vomi plus que de raison, sans qu'on comprenne pourquoi, et s'est montrée alors particulièrement angoissée.

Alors qu'elle était au cours élémentaire, Julie eut deux crises de somnambulisme : chaque fois, elle est allée dans la chambre de sa mère, puis s'est dirigée vers les toilettes, où elle mimait des vomissements. Même si elle ne se souvenait de rien au réveil, c'est à partir de ce moment-là que le départ pour l'école est devenu de plus en plus difficile : Julie était prise tous les matins de maux de ventre, et le soir voyait surgir l'angoisse du lendemain toujours recommencée.

Un généraliste prescrivit des examens qui ne révélèrent aucune pathologie intestinale, si ce n'est une aérophagie due au stress et à l'angoisse. Un premier pédopsychiatre déclara simplement qu'« il fallait couper le cordon » entre la mère et la fille ; un second renonça à s'occuper de Julie sous prétexte qu'elle ne voulait pas parler.

Aux maux de ventre et à la peur de vomir s'ajoutèrent bientôt des rituels : elle tapait le sol avec ses pieds, touchait les poignées de porte… Ces TOC[1] furent traités par thérapie comportementale et cognitive et antidépresseurs. Son état s'améliorait, mais, malheureusement, dès que l'on diminuait les doses d'antidépresseurs, l'émétophobie[2] de Julie reprenait de plus belle.

Quand je rencontre Julie, cela fait dix ans qu'elle est prisonnière de sa peur de vomir, qui entraîne chez elle une envie de vomir qu'elle essaie de faire passer en avalant des tasses de camomille. Elle ne réussit pas à aller à l'école plus d'une heure par jour, est désocialisée, souffre de cette maladie dont rien ne semble pouvoir la guérir.

Cette histoire, c'est la rencontre de deux « fusionneuses », de deux fragilités. Un bébé accrocheur se trouve face à une mère anxieuse, qui s'inquiète d'autant plus que sa fille est malade comme pour mieux la capter. A la demande exacerbée de l'enfant

---

1. TOC : troubles obsessionnels compulsifs.
2. Peur de vomir.

répond la préoccupation de la mère, l'une et l'autre se renforçant mutuellement.

C'est un classique : tous les bébés comprennent vite qu'en parlant avec leur corps ils réussissent à mobiliser complètement l'attention des parents. Ah, les petites maladies, quel bonheur ! La grippe ou la rhinopharyngite de l'enfance, quand les mamans sont aux petits soins, préparent des jus d'oranges frais, achètent un livre pour aider le malade à passer le temps, s'inquiètent, dorlotent. Nous sommes quelques adultes à nous rappeler ces moments-là comme des moments privilégiés : on devient l'objet de toutes les attentions, roi ou reine choyé(e) sur son lit de douleur, qui est surtout un nid douillet... La vie est belle quand on est malade. Tellement belle que certains enfants, ayant exploré la voie de la somatisation, s'y maintiennent pour solliciter toujours plus d'attention et de présence de la part de leurs parents. Mais le mécanisme risque de prendre de l'ampleur, jusqu'à finir par les dépasser, les engloutir, les empêcher de vivre.

Que puis-je faire pour Julie ? Entamer une psychothérapie ne me semble d'aucune utilité. Si je lui dis qu'elle a somatisé précocement pour avoir des relations privilégiées avec sa mère et répondre à l'anxiété de cette dernière, cela ne lui sera pas d'un grand secours. Somatiser, c'est parler avec son corps, faute de pouvoir parler avec des mots. La somatisation apparaît alors comme un échec de mentalisation ou de compréhension, et plus on tente d'expliquer à ceux qui somatisent pourquoi ils somatisent, plus ils nous en veulent, plus ils réclament des examens qui prouve-

raient qu'effectivement un problème physique ou physiologique est à l'origine de leurs troubles. Il arrive
d'ailleurs que l'on trouve quelque chose d'infime pouvant expliquer ceux-ci, du moins en partie. Dans le
cas de Julie, par exemple, si l'on avait diagnostiqué
une inflammation du côlon ou toute autre affection
bénigne, elle aurait peut-être pu guérir. Si seulement
on réalisait une étude pour savoir combien de diagnos-
tics ont guéri de somatisations, je crois que l'on serait
surpris des résultats !

Mais ce n'a pas été le cas pour Julie et, à mon avis,
cette petite fille a davantage besoin d'une médiation
corporelle – sophrologie ou relaxation – que d'une
psychothérapie classique. Mon rôle est de l'autoriser à
guérir par elle-même, et je pense qu'en trois ou quatre
mois son état peut beaucoup s'améliorer.

Peut-on se séparer de sa maladie ou de son trouble ?
C'est difficile, dans la mesure où le sujet s'identifie peu
à peu à eux, toute son existence s'organisant autour
d'eux, créant une contrainte qui le fait souffrir et l'isole,
au point qu'il ne parvient plus à voir autre chose. Si
la maladie enchaîne, c'est aussi parce qu'elle procure
des bénéfices secondaires non négligeables, notamment cette possibilité de monopoliser l'attention, la
disponibilité et l'affection de l'entourage. Quand il
s'agit d'une maladie grave, voire incurable, les bénéfices secondaires sont sans doute tout ce qui reste au
malade, et l'on comprend d'autant mieux qu'il s'y
accroche. Dans le cas de Julie, c'est un peu différent :
elle retire sans nul doute des bénéfices secondaires
de son trouble, mais elle subit aussi de nombreuses

contraintes, douleurs et frustrations auxquelles elle se condamne elle-même. Son émétophobie lui gâche la vie plus qu'elle ne la comble. Une médiation corporelle, qui la soulagera rapidement, lui permettra d'en prendre conscience et l'aidera à abandonner sa peur irraisonnée. Il sera toujours temps, plus tard, d'entamer une psychothérapie, afin que Julie, dotée de capacité d'agrippement et fragilisée par ses longues années de somatisation, puisse avoir des relations un peu plus distanciées avec des ami(e)s et des fiancés.

Un refus de grandir

Etienne, passionné de foot, est lui-même un avant-centre prometteur, auquel son équipe doit bon nombre de buts. Mais, à 9 ans, ce garçon vif et intelligent est énurétique. Non seulement il revendique son énurésie[1] de façon assez agressive, mais il est persuadé d'être atteint d'une pathologie physique qui viendrait l'expliquer. Il faut dire que, à l'adolescence, sa mère a été opérée d'une malformation rénale, à la suite de quoi elle a cessé d'être énurétique. Elle avoue garder un souvenir terrible de cet épisode : peur de l'injection d'iode, peur de la douleur, peur de la mort aussi…

Buté et sûr de lui, Etienne entend qu'on lui prouve qu'il n'est pas atteint du même mal que celui de sa mère. Il déclare qu'il ne peut pas guérir tant qu'il n'aura pas subi tous les examens nécessaires. Il affirme

---

1. Emission involontaire et inconsciente d'urine.

également ne pas vouloir grandir, ne pas vouloir devenir adolescent, alors même que son comportement de
casse-pieds patenté montre qu'il en présente déjà tous
les symptômes avant-coureurs.

Agressif, Etienne malmène sa mère, l'enquiquine
sans cesse, reprend tout ce qu'elle dit, la rudoie. Entre
eux, les relations paraissent très fortes, mais de sa part
à lui on pourrait parler d'amour vache.

D'ordinaire, les énurétiques sont plutôt repliés
sur eux-mêmes, timides et honteux de leur trouble.
Anxieux, inhibés, ils sont dans une régression qui
leur permet de demeurer dans une relation archaïque
et un peu érotisée avec la mère. L'énurésie d'Etienne
pourrait être qualifiée d'hostile, ce qui l'apparente à
une encoprésie. Plus il est énurétique, plus il s'affirme
malade, plus il est malade, plus il peut coller à sa mère
en monopolisant son attention et en suscitant son
inquiétude ; plus il la colle, plus il est agressif envers
elle, dont il ne parvient pas à se détacher. Il est encore
dans une problématique de séparation-individuation,
captant une maladie imaginaire par laquelle il renforce
la fusion à sa mère en s'identifiant à elle.

Dans un premier temps, il me semblerait trop agressif de lui dire qu'il souffre d'un trouble de la séparation et qu'il a besoin d'une psychothérapie. Je préfère
prescrire les examens qu'il réclame et, dans le cas où
ceux-ci ne révéleraient ni malformation ni maladie,
lui donner un traitement placebo, puisqu'il croit ne
pouvoir guérir que s'il a un traitement, de même que
sa mère en a eu un. A un malade imaginaire je vais
donner un traitement imaginaire. Cette position peut

paraître discutable, mais je crois que le symptôme d'Etienne est tellement sélectif et tellement signifiant par rapport à son histoire familiale que cela peut suffire à le guérir, alors qu'une psychothérapie pourrait le fixer.

4. La séparation empêchée

La maladie ou le handicap privent celui qui en est atteint d'une partie de ses capacités physiques ou mentales, renforçant ainsi la dépendance à l'autre dont il a besoin pour satisfaire certains besoins vitaux ou pour le protéger. En ce sens, la maladie et le handicap d'un parent ou d'un enfant renforcent et figent le lien. La marche vers l'autonomie et vers un relatif détachement semble alors se faire au ralenti.

Se séparer d'un parent malade

Sur les conseils du psychiatre qui la suit, une femme
vient me voir pour me parler de sa fille, Claire, qu'elle
a eue avec un amant de passage, précisant qu'elle n'a
jamais établi de relations amoureuses durables avec
aucun homme. C'est une femme très belle, un peu
étrange ; elle reviendra trois fois me consulter, seule,
sans consentir à m'amener sa fille, alors que je lui dis
que je ne peux rien faire sans la voir. Cette femme
paraît être avec moi dans une sorte de « collage », et je
sens chez elle une morbidité qui me fait penser qu'elle
est psychiatriquement malade – ce que me confirmera
le confrère qui la suit.

Quand enfin elle arrive à la consultation accompagnée de Claire, je suis frappé par leur dissemblance :
autant la mère est belle, autant la gamine est laide,
avec son visage asymétrique et ses cheveux filasse.
Elle a 9 ans et, après un début de séance où je ne par-
viens pas à lui arracher un seul mot, elle me confie
qu'elle n'a pas d'amis, que tout le monde est méchant
avec elle, se moque de son physique. Je me prends

aussitôt d'un véritable intérêt pour cette gosse et, pour tout dire, d'une réelle affection.

Elle arrive un jour, toute fière, vêtue d'un manteau neuf. « Il te plaît ? » me demande-t-elle en tournant sur elle-même. J'ai bien du mal à lui cacher que je le trouve très moche, ce manteau, et je me contente de dire qu'il n'est pas tout à fait à mon goût. Elle proteste : « Mais c'est un manteau à trente euros ! C'est ma grand-mère qui me l'a acheté. On l'a choisi ensemble, c'est toujours elle qui m'habille. » Je découvre ainsi l'existence de cette grand-mère, personnage central dans la vie de la gamine. Elle vit avec sa petite-fille et sa fille, qu'elle a eue elle aussi avec un homme de passage, et le drôle de trio féminin est pris dans des relations étroites : la grand-mère colle à Claire, s'offrant ainsi une seconde chance de maternité, plus heureuse, et Claire colle à sa mère étrange, comme pour mieux se protéger du monde. Ainsi Claire se sent-elle isolée, différente, étrange elle aussi. Durant les séances, elle me parle de ses difficultés à être avec les autres, à s'en faire accepter, de sa solitude que sa grand-mère est seule à distraire. Si elle est un peu fusionnelle, l'aïeule espiègle a par ailleurs beaucoup de qualités. Comme Claire lui déclare vouloir fumer un joint, elle déclare qu'elle veut y goûter avec elle. Et affirme vouloir un piercing en même temps que la fillette. Je la convoque aussitôt pour lui dire ce que je pense de son attitude. Elle éclate de rire : « C'est pour mieux la dissuader d'essayer ! »

Plus les mois passent, plus Claire s'anime, se révèle vive, curieuse, maligne. Jusqu'au jour où elle m'annonce, non sans fierté : « Maintenant, ça va, j'ai des amis, je crois que je n'ai plus besoin de toi. J'ai compris que ma mère était malade et que je devais m'occuper d'elle. Mais parfois je dois aussi m'occuper de moi. »

C'est une histoire splendide. Cette fillette a compris que ce n'était pas le monde qui était hostile, mais sa mère qui, du fait de sa maladie, le rendait hostile. Elle peut alors partir à la conquête du monde en se détachant de cette mère fragile.

Comment se séparer d'un parent psychiquement malade ? C'est toute la question que posait Claire. Les enfants, habités par un sentiment de toute-puissance qui les met au centre du monde, pensent toujours qu'ils sont – au moins un peu – responsables de ce qui arrive à leurs proches, en particulier à leurs parents. N'est-ce pas un peu leur faute si leur parent est fragile ? Ne peuvent-ils, par leur seule présence, devenir l'ange salvateur qui va guérir la maladie parentale ? Dans le même temps, ils éprouvent sûrement des souhaits de mort plus ou moins conscients envers ce père ou cette mère pas comme les autres… L'ambivalence atteint son paroxysme – « Je t'aime, je te hais, je ne peux pas me passer de toi ni toi de moi » – et fait naître la culpabilité. Mais la culpabilité fige le lien ; elle est même le pire des liens, lourde comme une chaîne de forçat. Elle attache, emprisonne. On ne peut pas se séparer si l'on se sent coupable.

Un parent, c'est fait pour rassurer, encourager, rendre plus fort. Avec un parent malade, les rôles paraissent inversés : l'enfant n'est plus l'objet de ses préoccupations, c'est le parent qui devient objet de préoccupation pour l'enfant. En temps normal, celui-ci se soucie peu de ses parents, sauf en ce qui concerne l'affection, l'attention et les soins qu'ils lui apportent. Ses parents sont des héros, forts, invincibles, tout-puissants. Le parent malade, lui, est empêché d'accéder au rang de héros, et il faut se soucier de lui parce qu'il est fragile. Sauf s'ils sont absents trop longtemps et sans prévenir, un enfant ne se tracasse jamais pour ses parents. Mais si le père est aveugle, comment pourrait-il ne pas s'inquiéter de savoir comment il va réussir à traverser la rue sans se faire écraser ? Et si le parent est dépressif, comment ne pas hésiter à le laisser seul ? L'enfant pense que sa présence peut être un garde-fou aux accès de mélancolie parentale.

Parce qu'elle oblige à prendre soin, à protéger, la maladie psychique attache l'enfant à son parent. On ne peut pas se séparer quand on a des doutes sur les qualités de résistance de celui dont on doit s'éloigner ; on a besoin de percevoir en lui quelque capacité à affronter cette séparation.

Pour réussir à prendre un peu de distance, il faut commencer par faire le diagnostic de la maladie. Cela permet en effet à l'enfant de ne plus chercher d'origine ni d'explication à la faiblesse de ce parent, ce qui allège son sentiment de responsabilité et de culpabilité, à défaut de le faire disparaître tout à fait.

Mais il est difficile de reconnaître que son parent est mentalement malade, et difficile de l'accepter, comme le montre l'histoire de Claire. L'enfant n'a pas la notion

de « fou » ; pour lui, le fou, c'est le clown qui le fait
rire, car il est dans une réalité fantasmatique. Même
si elle avait des doutes quant à l'état de sa mère, dans
un premier temps, Claire ne pouvait pas les exprimer.
C'est une réaction normale : se taire, taire la maladie
apparaît comme une question de fidélité affective au
parent malade, que l'on trahirait en mettant des mots
sur son mal. Se taire est aussi un moyen de se protéger de la honte que représente ce parent pas comme
les autres, qui casse toute possibilité d'identification.
Claire n'avait pas d'amis parce qu'elle ne pouvait pas
montrer sa mère ni se montrer elle-même, puisqu'elle
se posait des questions sur une possible hérédité de
la maladie maternelle qui venaient saper sa confiance
en soi. « Si ma mère est malade, est-ce que je ne suis
pas malade moi aussi ? » Au fil des mois, la psychothérapie lui a redonné des assises narcissiques qui l'ont
aidée à se dégager du poids de sa culpabilité. Je ne lui
ai pas dit que sa mère était malade, j'ai attendu qu'elle
puisse l'exprimer elle-même. En le disant, elle réussissait à trouver la distance à la fois avec sa mère et avec
moi, le psychiatre ; dans un même mouvement, elle
s'éloignait de l'une et de l'autre. Parce qu'elle pouvait
s'éloigner un peu de sa mère, elle n'avait plus besoin
de moi ni de la psychothérapie qui, comme bien souvent, avait fonctionné comme une machine à séparer.

Aujourd'hui où les pédopsychiatres sont souvent
consultés de façon préventive, leur rôle consiste à rassurer les parents plus qu'à traiter une pathologie véritable – ce dont il faut se féliciter. Autrement dit, le

pédopsychiatre n'est pas toujours indispensable. Dans le cas d'un enfant ayant un parent fragile, toutefois, il retrouve pleinement sa raison d'être.

Je reçois Lucas, 8 ans, avec sa maman. Un gamin sympathique, mais qui ne parle pas beaucoup. Lorsque je lui pose des questions sur sa famille, il déclare vivement : « Mon père s'est pendu. » Je n'ai pas le temps de penser que la consultation va être difficile que déjà la mère ajoute : « Mais il n'est pas mort. » Devant mon air sans doute perplexe, elle m'explique que le père, dépressif, est alcoolique et, lors de ces excès provoqués par l'alcool, il passe à l'acte en se pendant dans sa propre maison. Chaque fois, sa femme et sa fille arrivent à temps pour le sauver, mais le pauvre Lucas, encore trop petit pour participer à ce sauvetage en se hissant à la bonne hauteur pour décrocher son père, assiste, impuissant, à ces scènes qui se répètent. Lorsque le garçon reprend enfin la parole, c'est pour me confier d'un air désolé : « Maintenant, maman veut se séparer de papa. Mais qu'est-ce qu'il va devenir tout seul ? » Pour lui, c'est sûr, la séparation implique la pendaison, réussie cette fois, du père qui n'aura personne à ses côtés pour le sauver. Je tente de le rassurer : « Peut-être que ça va s'arranger. Ta maman ne peut plus vivre comme ça, ta sœur et toi non plus. Et peut-être que ton père se sentira mieux séparé d'elle. Toi, tu pourras le voir seul, sans que tes parents se disputent sans cesse, et sans doute que de te voir l'aidera à aller mieux. Mais bien sûr, si tu as des soucis avec ton papa, tu peux venir m'en parler. » Lucas, qui jusqu'alors refusait catégoriquement d'évoquer son père et sa fragilité, même avec sa mère, accepte de revenir me voir régulièrement, signe que le lien thérapeutique s'est fondé.

Je vais jouer pour lui un rôle de tiers protecteur par rapport à l'image défaillante du père. En me parlant de celui-ci, en exprimant l'ambivalence de ses sentiments à son égard, Lucas réussira à prendre un peu de distance avec son papa si fragile et pourra continuer de le respecter comme il en a besoin. Je vais servir d'exutoire à son ressentiment et à sa crainte, et l'aider ainsi à éloigner la menace qui l'empêche de s'autonomiser.

Ces maladies qui attachent

Depuis tout petit, Hugo est atteint d'une myopathie qui ne cesse d'évoluer et le condamne à une immobilité toujours plus grande. Pour toutes les tâches du quotidien – se lever, s'habiller, se laver, se coucher –, il est dépendant. A 14 ans, il se retrouve donc dans la position du nourrisson qui doit attendre des autres la satisfaction de ses besoins vitaux. Sa maladie, les soins quotidiens et les hospitalisations répétées qu'elle nécessite font qu'il n'est plus scolarisé, n'a plus que peu de contacts avec des enfants de son âge.

La première fois que je le vois, il me raconte qu'il lui arrive de sortir seul sur son fauteuil électrique ; il s'amuse alors à traverser la nationale les yeux fermés, sans se soucier des voitures. Il joue ainsi à une sorte de roulette russe. Indifférent à l'idée de perdre la vie, il s'en remet au hasard pour décider de son sort.

Une à deux fois par an, Hugo va à la plage. Là, grâce à un engin spécialement conçu pour les handicapés, il peut se baigner. Un jour, avec deux copains non handicapés, il s'est laissé flotter et dériver, porté par le courant. Mais le vent s'est levé et, malgré leurs efforts, les trois garçons n'arrivaient plus à rejoindre le rivage. Le père de l'un d'eux a dû prendre un canot pour les remorquer, attachés à une corde. Lorsqu'il me relate cette anecdote qui prend dans sa bouche les accents d'une épopée, Hugo a l'air heureux. Dans l'eau, il s'est senti libéré, il était enfin sur un pied d'égalité avec ses camarades.

En traversant la nationale sans faire attention, Hugo manifeste un comportement suicidaire ; déprimé, il considère que sa vie empêchée et dépendante ne vaut rien. Au contraire, en se laissant dériver dans le courant avec plaisir, il se retrouve malgré lui à jouer avec la mort pour tenter de maîtriser sa vie. Même malade, immobilisé et en retard dans sa scolarité, cet adolescent a besoin de conduites à risques qui sont pour lui un moyen de s'autonomiser. « Je risque ma vie parce qu'elle est à moi, je suis autonome » : c'est tout ce qu'exprime Hugo, à l'instar de tous les adolescents du monde. Sa maladie l'oblige à être en situation de fusion avec son entourage, mais, dans le même temps, il ne rêve que de séparation, d'autonomie, d'indépendance.

La maladie et le handicap sont des contraintes à plus d'un titre. Contrainte de soins, mais aussi contrainte d'un lien dont on ne peut se passer puisqu'il assure la survie. Les enfants malades, comme Hugo, sont mis malgré eux dans l'impossibilité de se séparer, car la maladie et le handicap induisent la fusion. Parce que sa durée de vie est limitée, les parents se consacrent presque entièrement à leur enfant, comme s'ils pouvaient prendre de vitesse ce temps trop court. Du côté de l'enfant, la fusion, qui l'assure d'être le centre du monde, peut être considérée comme un bénéfice secondaire de sa maladie, qui le prive par ailleurs de la plupart des joies de son âge.

Dans son malheur, Hugo a la chance d'avoir une famille exemplaire. Un demi-frère plus âgé que lui, attentif et respectueux, jamais en rivalité, un modèle de grand frère. Un père qui ne cesse de le porter sur son dos. Et une mère très dévouée qui se demande si elle ne doit pas arrêter de travailler pour mieux se consacrer à son fils, car elle n'est jamais tranquille lorsqu'elle n'est pas avec lui. Hugo érotise beaucoup sa relation avec elle. Souvent, il la titille, la pince, la touche, lui donne des petites tapes affectueuses. Elle proteste : « Laisse-moi tranquille, tu es grand maintenant ! » Mais comment comprendre qu'on est grand quand on est lavé, habillé par sa mère ? quand on est obligé d'aller au-delà de la pudeur ? quand on est interdit de conquête ? Un jour où elle proteste, Hugo lui répond : « Tu sais, vu mon état, je ne pourrai jamais avoir d'amoureuse plus tard, et je n'aurai jamais d'enfant non plus. » Malgré son handicap, ce garçon, maintenu dans un état de dépendance absolue, pensait à son avenir sexué et paternel. Quel que soit son désir de grandir et de s'autonomiser, il sait qu'il s'agit d'un désir impossible. La maladie l'oblige à régresser, à rester dans une fusion avec la mère, fusion sur laquelle il joue un peu. C'est pourquoi je vais demander qu'il soit hospitalisé dans mon service, afin qu'il soit un minimum séparé de sa mère.

Dans le domaine de la psychiatrie, on vit actuellement sur une sorte de dogme : « Il faut séparer les adolescents de leurs parents. » C'est devenu un axiome de base qu'il ne convient même plus de discuter. Or, rien ne prouve que cette séparation soit le remède à tous les maux des adolescents. A la Maison des adolescents, justement, je préconise au contraire que nous travaillions en étroite collaboration avec les parents, ne serait-ce que pour leur montrer que nous nous heurtons aux mêmes difficultés qu'eux. Il n'y a pas, d'un côté, des soignants tout-puissants et, de l'autre, des parents forcément toxiques. Dans le cas particulier d'Hugo, l'hospitalisation va lui servir à desserrer le lien trop fusionnel qu'il a avec sa mère, mais surtout à reconnaître son besoin de se détacher d'elle sans qu'il se sente pour autant mis en danger – avec, pour lui, un risque vital. En somme, cette séparation relative va lui permettre de vivre un peu de son adolescence que la maladie tente de lui voler.

Séparer Hugo de ses parents n'est possible que parce qu'il est adolescent. En cas de maladie et d'hospitalisation d'un enfant plus jeune, il est essentiel au contraire d'assurer la permanence et la continuité du lien avec les parents. On a d'ailleurs fait beaucoup de progrès dans ce domaine. Tous les services de pédiatrie accueillent désormais les parents, conscients que le maintien du lien constitue une priorité absolue. A Marseille, j'étais allé jusqu'à proposer leur présence en salle d'opération s'ils le désiraient, et, pour les gamins placés en chambre stérile, nous avions mis au point un système avec caméra vidéo et interphone afin qu'ils puissent communiquer. Partout, les initiatives se développent et se multiplient dans ce sens.

En effet, avant l'âge de 7 ans, un enfant ne conçoit ni la notion de maladie ni l'obligation d'être hospitalisé. Il vit l'hospitalisation comme un abandon ou comme une punition, quand ce n'est pas les deux à la fois, ainsi que l'a si bien montré Anna Freud[1]. Séparé de ses parents alors qu'il a encore tellement besoin de leur présence, l'enfant se croit puni, soit d'avoir été méchant avec eux, soit de s'être montré jaloux envers un petit frère ou une petite sœur qui vient de naître, par exemple. C'est en partie pour cela qu'il a une capacité incroyable à endurer la maladie et la souffrance qu'elle entraîne, sans se plaindre – au point que l'on a longtemps pensé que les enfants ne souffraient pas. Il faut être d'autant plus vigilant en cas d'hospitalisation pour une raison bénigne, susceptible en fin de compte d'engendrer davantage de dégâts psychiques qu'une maladie grave. Un enfant atteint d'un cancer incurable sera toujours plus entouré et choyé qu'un autre opéré d'une appendicite ou d'une hernie, au sujet duquel on n'a pas d'inquiétude et qu'on laissera plus volontiers aux mains des soignants. Mais, pour l'enfant lui-

---

1. *Les Enfants malades*, d'Anna Freud et Thesi Bergmann, Privat, 1972.

même, il n'y a pas de petite maladie ; il n'y a que de douloureux abandons éventuels.

L'hospitalisation représente toujours une séparation imposée, qui fragilise d'autant plus qu'on n'a pas forcément les capacités de la maîtriser. Elle constitue une rupture radicale dans la vie de l'enfant, qui perd ses repères habituels – sa maison, ses jouets, ses copains, son rythme de vie – et tous les rituels qui sont nécessaires pour le rassurer.

La séparation au ralenti

L'enfant atteint d'un handicap est un fusionneur malgré lui, qui place les parents dans un dilemme douloureux, comme le montrent les deux histoires qui suivent.

Je rencontre une femme dont la fille est très lourdement handicapée : elle grogne plus qu'elle ne parle, bave, se souille… Au cours de sa vie, cette mère a tout sacrifié pour garder près d'elle son enfant en difficulté et s'en occuper du mieux qu'elle pouvait. Avec son mari, aujourd'hui mort d'un infarctus, les relations étaient houleuses, car il la pressait de placer leur fille en institution spécialisée ; et le fils aîné prend à présent son indépendance, désireux de s'échapper de cette famille où il est toujours passé au second plan. Ayant depuis longtemps renoncé à travailler, cette femme se retrouve donc totalement isolée avec sa fille.

Lorsque je les reçois toutes deux, elle est dans un grand désarroi : des tests génétiques viennent de révéler une anomalie chromosomique dont elle est elle-même porteuse et qui serait à l'origine du handicap de sa fille, ce qui pose pour elle la question de la transmission et de l'hérédité. Elle se sent responsable de la maladie de sa fille, responsable de ce malheur qu'elle n'en finit pas de porter. Désespérée, elle dit : « Si je suis malade aussi, il vaut mieux que je la tue, parce qu'elle ne pourrait pas survivre sans moi. » Elle est dans l'incapacité de se séparer de l'objet de son malheur, préférant mourir avec elle que de prendre le risque de lui survivre.

Une autre fois, je reçois un couple d'enseignants dont la fillette est trisomique. Depuis toujours, ils cherchent à favoriser son intégration et, pour cela, la maintiennent à l'école. Mais voilà qu'à 12 ans Manon semble aller mal, se replier, se renfermer sur elle-même. Je suggère de la placer dans une institution plus adaptée à son cas, dans laquelle elle pourra continuer sa scolarité, mais à son rythme. Les parents hésitent avant d'accepter, mus par leur désir de normaliser leur enfant. A l'institution, l'état de leur fille s'améliore, elle reprend de l'entrain, retrouve de la joie. Ses parents se réjouissent, tout en continuant à faire en sorte que Manon n'y passe pas sa vie, insistant par exemple pour qu'elle puisse fêter son anniversaire ailleurs. Au fil des années, devant ses progrès et son mieux-être, ils consentent à ce qu'elle reste en internat durant la semaine. Puis elle ira dans un CAT[1],

---

1. Centre d'aide par le travail, établissement destiné à favoriser le travail et l'insertion des jeunes handicapés.

vivra dans un petit studio à elle, exercera un métier à la mesure de ses compétences.

On a souvent tendance à dire que les parents d'un enfant handicapé ou gravement malade ne parviennent pas à se détacher de lui. Ça me semble une inversion des propositions : c'est parce que l'enfant ne s'autonomise pas qu'il ne donne pas à ses parents la force de le laisser s'éloigner d'eux. Comme il faut être deux pour fusionner, il faut être deux pour se séparer, mais le handicap et la dépendance qu'il engendre renforcent le lien. L'enfant a toujours besoin de ses parents – ou d'un tiers – pour assurer sa survie, et ils pensent bien souvent être, sinon les seuls, en tout cas les plus compétents pour s'occuper de lui. Plus compétents, ils le sont, du moins en partie : par l'affection qu'ils éprouvent pour lui, et parce qu'ils sont les seuls à porter l'enfant imaginaire qu'ils avaient rêvé avant la naissance, cet enfant qu'il serait devenu s'il n'était pas handicapé.

Si la naissance d'un tel enfant peut être source de déprime et de culpabilité pour les parents, beaucoup reprennent le dessus car ils continuent d'imaginer ce qu'il va devenir. En effet, un enfant est un rêve d'avenir, et les parents anticipent toujours ses progrès : il marchera, il parlera, il ira à l'école… Les parents de handicapés, comme tous les parents du monde, projettent, rêvent, anticipent. Le handicap est à l'enfant, pas aux parents.

A propos de l'attitude de ces derniers, de leur réserve d'espérance, sans doute les psychiatres parlent-ils trop vite de déni. Disons plutôt – et essayons surtout de comprendre – qu'il est normal de ne pas accepter la réalité, de croire que l'enfant handicapé va peu à peu progresser, jusqu'à, peut-être, retrouver un développement normal. Avec les parents, les médecins ont un devoir de loyauté : ne pas interdire l'espérance, mais y poser certaines limites, afin qu'ils puissent s'habituer progressivement à la réalité. Pour parvenir à composer avec cette réalité, ces parents-là ont besoin de temps, un temps que l'on doit respecter et qu'il ne nous appartient jamais de juger.

Besoin de temps, mais aussi besoin de tiers entre eux et leur enfant – des soins à domicile, des hospitalisations temporaires, des placements en institution –, afin de créer des espaces de différenciation, des sas de séparation où les parents vont se sentir soutenus par les médecins, les soignants, les enseignants. C'est la seule façon pour eux de percevoir le malheur qui les touche : à force d'y être plongés, ils risquent en effet de finir par ne plus le reconnaître, à l'image de la maman de cette fillette si lourdement handicapée. Elle s'était enkystée dans sa souffrance, et son dévouement à sa fille lui avait ôté toute possibilité d'avoir d'autres investissements, de préserver la relation avec son mari et avec son fils qui, sous prétexte qu'il allait bien, devait pouvoir se débrouiller tout seul. Faute de parvenir à un relatif détachement vis-à-vis de son enfant, son psychisme semblait s'être arrêté, suspendu à la maladie, happé par la souffrance.

Les parents de Manon, eux, sont parvenus à un relatif détachement, respectant leur enfant avec son handicap et ses capacités malgré tout. Ils ont fini par accepter le fait qu'elle ne pouvait pas avoir une vie tout à fait semblable à celle des autres enfants, mais que cela ne lui interdisait pas d'avoir une vie à elle. Bien sûr, leur désir initial de la normaliser ne se discute pas. Nul ne peut contester que l'intégration des handicapés représente un énorme progrès : ces derniers en tirent des bénéfices, tout comme la société dans son ensemble, qui, au contact de la différence, découvre plus de tolérance. Il faut pourtant savoir mettre en sourdine nos désirs d'intégration et s'adapter aux possibilités du handicapé, comme le montre l'histoire de Manon. Si la petite fille commençait à déprimer à l'école, c'est parce qu'elle y vivait son échec. Le désir de ses parents de la maintenir dans un cursus classique portait atteinte à son narcissisme et à son estime de soi. En effet, même s'il est fragilisé, le narcissisme existe chez le handicapé aussi, qui a besoin de réussir dans la mesure de ses moyens et de ses compétences.

A mes yeux, le métier de parents consiste à apprendre à leurs enfants à se détacher pour devenir autonomes. Avec un enfant handicapé, le chemin de la séparation-individuation est plus long et plus difficile, parce que le handicap semble fixer le temps, temps soudain immobile qui freine les velléités d'autonomie, alors que d'ordinaire le temps toujours mobile ne cesse de les multiplier.

Parmi les parents de handicapés, certains supportent le malheur et semblent y faire face avec brio, certains confient leur enfant pour ne plus le voir, d'autres encore restent dans leur malheur sans plus pouvoir s'en détacher... Nul ne peut jeter l'anathème sur eux, chacun prenant une décision qui, quelle qu'elle soit, ne doit pas être soumise à notre jugement.

5. Quand les parents se séparent[1]...

L'enfant, lui, subit leur séparation, qui l'oblige notamment à un remaniement psychique des images parentales et le force à renoncer à certains rêves.

Parce qu'elle lui est imposée, cette séparation ne se fait jamais sans souffrance, une souffrance qui s'exprime parfois sous forme de symptômes, soulignant la difficulté à accepter la réalité. Pourtant, le plus délétère dans le divorce des parents n'est pas tant la souffrance que le risque de fusion compensatrice qu'il comporte.

---

1. En hommage au dernier livre de Françoise Dolto, écrit en collaboration avec Inès Angelino, *Quand les parents se séparent*, « Points », Seuil.

Le divorce n'est jamais banal

Arnaud a 7 ans et son père vient de mourir. La mère se précipite en consultation, persuadée, comme quantité de parents, que les psychiatres ont le pouvoir d'empêcher leurs enfants d'être malheureux lorsqu'ils traversent un épisode particulièrement difficile. En vérité, le seul motif valable de consultation serait que les enfants ne manifestent aucun chagrin.

Arnaud a une demi-sœur, que sa mère a eue avec un premier mari, et un petit frère de 4 ans. Effectivement, il semble très triste, un peu réservé, l'air ailleurs, emporté par son chagrin. Je pense que, puisqu'il est là, le moins que je puisse faire est de l'aider à intégrer le souvenir de son père, afin qu'il n'en soit pas tout à fait séparé et que son père puisse continuer à exister dans sa mémoire. J'essaie donc de lui faire raconter quelques souvenirs agréables avec son papa, mais Arnaud me répond à peine, comme s'il avait du mal à se remémorer ces instants heureux qui ne se reproduiront plus.

Il s'anime enfin lorsque je lui demande quel métier il veut faire plus tard. « Architecte », me dit-il avec un vrai sourire, le premier de notre entretien. Je lui réponds que je trouve ça très joli de vouloir exercer le même métier que son papa, c'est une façon de poursuivre ce qu'il faisait, et Arnaud a l'air très heureux de cette remarque. Je lui dis aussi que, dans son malheur, il a quand même de la chance, car il se souviendra de son père, alors que son petit frère de 4 ans n'aura aucun souvenir réel, seulement des souvenirs reconstitués. « Oui, parce que moi, j'ai vécu sept ans et demi avec lui, alors que mon frère ne l'a connu que pendant quatre ans », ajoute-t-il fièrement. « Et l'une de tes missions sera d'aider ton petit frère à se souvenir de ton père, de lui raconter tout ce que vous faisiez ensemble », répliqué-je. Puis je prie la mère de sortir afin de rester seul avec lui.

A partir de ce moment, l'attitude du garçon change, il se met à parler de choses et d'autres, m'interroge sur mon métier... Sans se départir cependant tout à fait de sa tristesse. Au bout de quelques instants, je demande à la mère de nous rejoindre, pour voir si, en sa présence, Arnaud ne « surjoue » pas un peu le deuil. Il n'y aurait rien d'étonnant à cela : on s'aperçoit souvent que les enfants en rajoutent dans les manifestations de tristesse pour être en conformité avec les adultes. Ils s'efforcent ainsi de mieux correspondre à ce qu'ils croient que l'on attend d'eux. Mes hypothèses basculent lorsque la mère reprend la parole : « Il y a quelque chose que je ne vous ai pas encore dit. Mon mari et moi étions séparés depuis un an. » Et là,

Arnaud intervient : « J'ai compris que c'est fini, tu ne revivras jamais avec papa. »

Par ces mots, il explique l'intensité de son chagrin. La séparation parentale l'avait fragilisé, mais la mort du père est venue souligner cette fragilité, qui se manifeste enfin sous la forme d'une tristesse à note dépressive. Ses parents étant séparés, Arnaud ne cessait de demander à sa mère quand elle revivrait avec son papa ; il ne supportait pas d'être privé de la présence de celui-ci et il souffrait de la situation qu'il ne comprenait pas, mais se protégeait en l'envisageant comme quelque chose de réversible et de provisoire. La mort l'a mis soudain face à l'irréversibilité de cette séparation, et la réalité a balayé son imaginaire quant à une réconciliation possible entre ses parents. Alors, il déprime. On peut imaginer que la perte seule aurait été moins dure à vivre pour cet enfant ; c'est la séquence séparation et perte qui l'aggrave, la perte fonctionnant ici comme un post-traumatisme, le traumatisme initial étant la séparation parentale qui avait créé une fragilité psychique.

Qui n'a pas éprouvé un trouble profond à l'annonce de la mort d'un amour ou d'un ami pourtant perdu de vue depuis longtemps ? La perte renvoie à la séparation antérieure comme si, en fin de compte, on ne se séparait jamais tout à fait : on tamise les souvenirs pour ne garder que les bons, oublier les disputes, la médiocrité, la rancœur, la mesquinerie, pas jusqu'au point de penser que l'histoire peut recommencer, mais en espérant qu'on est deux à se rappeler ces souvenirs-là. Quand l'autre meurt, on reste seul avec sa mémoire. La séparation, elle, constitue une perte toujours réversible.

Pour les adultes, le divorce est devenu quelque chose de banal. Cela ne signifie pas qu'il n'est pas douloureux, mais il est désormais intégré comme une éventualité dans la vie de couple. Même si l'on rêve encore de faire rimer amour avec toujours, dans la réalité on sait que le mariage n'est plus un gage d'éternité partagée.

Les parents d'aujourd'hui, toujours très attentifs, viennent souvent consulter avant leur divorce, me demandant ce qu'ils peuvent faire pour que leurs enfants ne souffrent pas. Je réponds que je verrai les enfants quand ils souffriront et qu'en attendant il n'y a pas de prévention de la souffrance.

Y a-t-il toujours souffrance ? Oui, je le crois car, du côté de l'enfant, le divorce n'est jamais banal, comme le montre l'histoire d'Arnaud. L'enfant a besoin de croire qu'il est issu de l'amour de ses parents et que cet amour est éternel. Les adultes peuvent rêver d'autres amours, l'enfant, non ; il a un père et une mère qu'il ne conçoit qu'ensemble. Il a besoin d'avoir une image forte et idéalisée de ses parents avant de les renverser de leur piédestal à l'adolescence. Mais les conflits, la séparation, en « coupant » le couple, abîment cette image d'autant plus idéale qu'elle est faite de l'image du père et de celle de la mère qui se superposent et se renforcent.

J'insiste ici sur le fait que les psychiatres, par définition, voient les enfants qui vont mal, ceux qui souffrent le plus de la séparation parentale. Pour les autres, nombreux, cela se passera sans trop de casse. Ils vont souffrir, certes, mais la souffrance fait partie de la vie, et ils finiront par aménager des images parentales tout à fait satisfaisantes. Ils vont rêver un moment, comme Arnaud, que la séparation n'est pas définitive, avant de comprendre que la vie n'est pas conforme à leurs rêves et que leurs parents ne revivront jamais ensemble. Cela peut prendre du temps, et ils expriment leur souffrance à leur façon, en s'investissant moins à l'école, par exemple, en ayant des troubles du sommeil, ou en se montrant agressifs… Ce sont souvent des réactions passagères qu'il faut prendre pour ce qu'elles sont : l'expression d'une souffrance qu'ils essaient par ailleurs de masquer afin de ne pas en rajouter à la peine qu'ils pressentent chez leurs parents.

Plutôt que de consulter un pédopsychiatre de façon préventive, si l'on veut que les choses se passent bien, le mieux est de ne pas nier la réalité. Quand les parents affirment à leur enfant que le divorce ne change rien, c'est faux car il s'accompagne souvent de changements concrets (déménagement, absence d'un parent au quotidien, nouvelle organisation…). Mais la plus belle dénégation consiste à promettre à l'enfant que ses parents resteront les mêmes. Après la séparation, on reste parent, bien sûr, mais on n'est plus tout à fait le même. Allez expliquer à un gamin de 5 ans que son papa n'a pas changé, alors qu'il vit avec une nouvelle femme qui a un fils de son âge, un parfait inconnu avec lequel le père joue au foot pendant que lui reste avec sa mère. C'est bien son père, mais ce n'est plus tout à fait celui qu'il a connu et avec lequel il vivait, cela semble une évidence. Peut-être le papa croit-il à ce qu'il dit, mais l'enfant, lui, n'est pas dupe, même si, avec beaucoup de sagesse, il joue le jeu et fait semblant d'y croire.

Elodie, 6 ans, sous ses apparences de charmante fillette, a un comportement de « petit voyou » : à l'école, elle n'a pas d'amis car elle veut toujours commander aux autres et ne supporte pas qu'ils n'obtempèrent pas à ses ordres. Insolente, agressive, elle a même levé la main sur l'institutrice de la grande section de maternelle qui la remettait à sa place.

D'entrée de jeu, elle m'embrasse. Visiblement, cette petite fille fait tout pour maîtriser ses interlocuteurs, même adultes, et c'est elle qui ordonne de s'asseoir à sa mère et à son oncle qui l'accompagnent ce jour-là.

Les parents d'Elodie se sont séparés quand elle avait 2 ans. Son père vit maintenant à Annecy, où il a été muté pour son travail, et Elodie passe toutes les vacances scolaires avec lui, qui est un « papa vacances » très idéalisé par la fillette. Elle me parle des croque-monsieur qu'ils font ensemble et m'affirme avec véhémence qu'il n'aura jamais de fiancée.

Elodie vit avec sa maman, qui est dans une relation très fusionnelle avec sa propre mère. Est-ce parce que, à la naissance, un trouble des agglutinines a nécessité une transfusion ? Ce qui n'était pourtant qu'un incident a fait que la mère d'Elodie a été considérée comme « malade du sang » et surprotégée par sa mère. Elle est restée collée à celle-ci jusqu'à son mariage, qui lui a permis de prendre un peu de distance, mais après son divorce, les deux femmes ont retrouvé une très – trop ? – grande proximité, se téléphonant plusieurs fois par jour quand elles ne pouvaient pas se voir. La mère d'Elodie ayant à présent un compagnon, la grand-mère, véritable ogresse affective, prend désormais Elodie sous sa coupe ; elle s'est mis en tête de faire sauter une classe à sa petite-fille – laquelle, malgré son comportement agressif, réussit bien à l'école –, comme si c'était une solution pour l'aider à changer d'attitude. Cette accélération de la scolarité me paraît au contraire dommageable : si elle changeait de classe, Elodie se détacherait un peu plus de ses camarades, ce qui risquerait de renforcer encore la fusion entre la grand-mère et sa petite-fille.

Sur les recommandations de l'oncle – le frère de la maman d'Elodie –, la famille vient d'engager une nounou, dont la présence devrait aider à décoller la fillette et son aïeule. Dans cette famille, cet homme semble être le seul prêt à réagir et, durant la consultation, il menacera sa nièce d'aller chez lui si elle ne se décide pas à se calmer.

En fait, depuis la séparation de ses parents, Elodie est devenue une petite reine à qui, sous le prétexte de ne pas en rajouter au traumatisme du divorce, l'on ne refuse rien : ni son père, qui est tout à elle pendant les vacances, ni sa mère, qui redoute l'affrontement et préfère céder, ni surtout sa grand-mère. Rien ni personne ne mettant jamais de limites à son comportement, Elodie vit dans un sentiment de toute-puissance qui explique que, à l'école, elle soit intolérante à toute frustration. Elle n'aime pas l'ami de sa mère, et c'est sans doute dans le but de l'éloigner qu'elle réclame de vivre avec son père. « C'est lui ou moi », semble-t-elle dire à sa mère par son attitude. Inconsciemment, elle livre une lutte constante pour réunir le couple de ses parents. Elle est encore habitée par une pensée magique qui la porte à croire que ses parents s'aiment malgré tout, et elle fait son possible pour maintenir un lien romanesque entre eux. Sans doute les parents s'entendent-ils encore trop bien pour qu'elle réalise et accepte leur rupture.

Chacun faisant son possible pour l'épargner en cédant à tous ses caprices, résultat : Elodie ne peut pas progresser. Elle est comme une enfant qui refuse de renoncer à son rêve et à son désir. Pour avancer, elle doit pourtant perdre son illusion. En d'autres termes, les parents doivent laisser un peu d'espace pour que la souffrance psychique, inévitable, puisse apparaître. En somme, pour devenir grande, Elodie doit déprimer un peu, vivre la souffrance causée par la séparation de ses parents, perdre quelque chose pour pouvoir gagner un nouveau territoire de liberté.

La fusion réactionnelle

En tant que psychiatre, il m'arrive d'être expert près les tribunaux dans le cadre de divorces que l'on peut qualifier de pathologiques. Ce que j'observe souvent, c'est le refus catégorique de voir le père – la mère beaucoup plus rarement.

C'est l'histoire de Corinne, 10 ans, qui se met à pleurnicher le samedi quand son père doit venir la chercher, puis qui, durant la semaine, essaie de convaincre sa mère de ne pas l'envoyer chez lui le week-end et s'arrange pour être invitée par des amies afin de s'assurer de ne pas le voir. Lorsque je l'interroge sur les raisons de son refus, elle se contente de dire : « Je ne veux pas, c'est tout », alors qu'il n'y a par ailleurs, sa mère me le confirme, rien qui puisse expliquer cette attitude.

Le cas n'est pas rare. De manière assez spectaculaire, la fille se sent trahie, bafouée, trompée par son père, exactement comme sa mère. Elle épouse la cause de celle-ci, s'identifie totalement à elle et trouve en son père un amoureux qui a failli. La séparation entraîne chez elle une phobie de l'image paternelle et, au-delà, de l'image masculine assez ahurissante.

Le père, lui, ne comprend pas. Il aime sa fille, souffre de ne plus la voir aussi souvent qu'avant et cherche ce qu'il a bien pu faire pour qu'elle se comporte ainsi. Comme beaucoup dans la même situation, il finit par croire qu'il y a manipulation de la part de la mère qui monterait sa fille contre lui.

Je lui explique qu'il n'y a pas manipulation, mais adhésion fusionnelle à la mère. Il hoche la tête en disant qu'il comprend, mais, quelques jours plus tard, il va attendre sa fille à la sortie du collège et l'emmène de force dans sa voiture, alors qu'elle proteste. Au bout de quelques minutes, elle profite d'un feu rouge pour s'échapper. Quand je lui demanderai les raisons de cette conduite, elle répondra : « Parce qu'il me fait peur », sans qu'elle sache expliquer de quoi est faite cette peur.

Dans les divorces difficiles, la séparation du couple parental entraîne souvent la création d'un nouveau couple mère-fils ou mère-fille – plus rarement avec le père, il faut le reconnaître –, couple fusionnel qui exclut celui qui est parti. La mère se replie sur son enfant et reporte sur lui tout l'amour qu'elle ne donne plus à son compagnon, tandis que l'enfant colmate l'absence du père en régressant vers un état antérieur et désire dans le même temps alléger la peine de sa mère qu'il sent fragilisée. En fusionnant ainsi, de manière réactionnelle et archaïque, chacun lutte contre le vide créé par la séparation, sans voir qu'ils se prennent mutuellement dans un piège dont le bénéfice ne peut être que de courte durée, dans la mesure où la fusion empêche de se confronter à la réalité de la perte de l'amour pour la mère, de l'absence du père pour l'enfant. Pour éviter ce genre de « collage » nuisible au développement de l'enfant, l'idéal est sans doute que, après un divorce, les deux parents se remettent en couple. Hélas, l'amour ne peut pas être prescrit par les psychiatres, ni par personne, d'ailleurs.

On dit souvent que les enfants se rangent du côté de celui qu'ils perçoivent comme étant le plus fragile. C'est vrai, mais cette attitude est très ambiguë car cette fragilité va bientôt leur apparaître comme étant à l'origine du départ de l'autre. Pour eux, la fragilité devient, sinon coupable, du moins responsable de la séparation, et elle annule l'image forte qu'ils doivent avoir de leur parent. Dans le même temps, les enfants vont faire bloc avec le parent fragile. Mais comment ? En devenant le parent de leur parent, en inversant les rôles, puisque le parent n'est plus assez fort pour tenir le sien. Ils vont entrer vis-à-vis de lui dans une stratégie de soutien, d'attention, ils vont s'occuper de lui au quotidien, lui demander comment se passe son travail... Ils vont veiller à ne jamais parler du (de la) nouvel(le) ami(e) de l'autre. Parfois, la maman interdira qu'ils rencontrent la rivale, le père exigera que l'ami de sa femme ne soit pas là quand il viendra chercher les enfants... Tout se passe comme si celui qui ne recompose pas n'était pas tout à fait séparé de l'autre, et c'est presque par compassion que l'enfant va souhaiter que le couple se reforme, pour soulager le parent de sa peine. Cependant, il est empêché d'oublier le couple parental dont il est issu.

Les limites de la garde alternée

Afin de préserver l'enfant de la souffrance causée par la séparation parentale – beaucoup plus que pour lutter contre la création de ces nouveaux couples parent/enfant, d'ailleurs –, on prône de plus en plus aujourd'hui la garde alternée. Parce que j'émets quelques réserves sur ce fonctionnement, je me fais volontiers traiter de réactionnaire. C'est pourtant me faire un procès un peu hâtif.

Ce que je veux souligner tout d'abord, ce sont les extraordinaires progrès accomplis par les pères vis-à-vis de leurs enfants, et il faut se féliciter que certaines associations aient justement milité pour qu'ils obtiennent davantage de droits, les mêmes que ceux des mères, afin de n'être pas annulés en cas de séparation. Ces pères militants ne représentent pourtant pas la majorité, et la parité, désormais prônée en cas de divorce, ne correspond pas à la réalité des couples « composés », où le partage des tâches se rapportant à l'éducation des enfants n'est pas encore paritaire : le bain, l'habillage, les visites chez le pédiatre, les inscriptions et l'accompagnement aux activités… à 80 %, ce sont les mamans qui s'y collent. Encore qu'il faille nuancer ce propos : dans les consultations de pédopsychiatrie, les pères sont de plus en plus souvent présents, deux fois sur trois en cas de problème avec un nourrisson. Il n'en reste pas moins vrai qu'en cas de garde alternée les pères sont confrontés à une réalité d'attentions et de soins que, jusque-là, ils déléguaient volontiers à leur femme.

Les enfants ont besoin de leurs deux parents, répètent à l'envi les fervents défenseurs de la garde alternée. Rappelons-leur que celle-ci n'est pas une nouveauté du troisième millénaire, qu'elle a déjà eu une vie et des partisans il y a quelque trente ans, avant de tomber en désuétude parce que jugée peu convaincante. L'un de ses adversaires de l'époque, René Diatkine, l'un des trois grands maîtres en pédopsychiatrie, avec Michel Soulé et Serge Lebovici[1], insistait alors sur le fait que, si l'enfant a bien besoin de ses deux parents,

---

1. *Traité de psychiatrie de l'enfant et de l'adolescent*, de R. Diatkine, S. Lebovici, M. Soulé, PUF.

il a aussi besoin d'une maison, une seule et pas deux. C'est ce qu'exprime à sa façon E.T., ce charmant extra-terrestre immortalisé par Spielberg : « E. T. téléphone maison. » Il veut certainement revoir ses parents – à moins qu'E.T. ne soit orphelin, ce que l'histoire ne dit pas –, mais pour lui ils sont réunis dans la même maison, c'est elle qui les symbolise et les représente. Quel adulte accepterait de changer de maison toutes les semaines, en transportant une partie de ses affaires ?

La garde alternée suppose par ailleurs que les parents s'entendent assez bien pour se voir régulièrement, sur-tout quand les enfants sont petits. Peut-on nier la part de haine et de ressentiment qui existe dans une rupture amoureuse ? Je ne pense pas que toutes les séparations soient aussi harmonieuses qu'on veut bien le prétendre ; cependant, la garde alternée, au nom du sacro-saint intérêt de l'enfant, oblige toujours à jouer l'entente en bonne intelligence. Si les parents s'entendent si bien, pourquoi se sont-ils séparés ? L'enfant se pose sûre-ment la question et il a sans doute plus de difficultés à ne pas espérer qu'ils se remettent ensemble. A moins que, sous l'entente affichée, ne transparaisse une ran-cœur inexprimée, susceptible de provoquer des dégâts chez l'enfant qui la ressent malgré tout.

Enfin, la garde alternée impose un certain nombre de contraintes matérielles : deux maisons assez gran-des pour que les enfants puissent y installer toutes leurs affaires, assez proches pour qu'ils aillent à la même école, restent près de leurs copains et de leurs activités.

Alors, la garde alternée, pourquoi pas, si l'on est aisé et bienveillant ? Mais elle n'est pas la panacée, ne doit pas être réclamée par les juges, surtout quand le divorce est difficile. C'est le jugement de Salomon : on coupe l'enfant en deux, toujours dans son intérêt, cela va de soi. Mais qui lui demande véritablement son avis, et comment peut-il le donner ? Bien sûr, il a envie de voir son père *et* sa mère, à défaut de continuer à vivre avec les deux ensemble ! La garde alternée rend-elle pour autant la séparation moins douloureuse ? La décision, qui se veut douce, ne change rien à la peine et à tous les réaménagements qu'il faut effectuer. Pourtant, on pense que l'enfant n'a plus de raisons d'être malheureux – en tout cas qu'il en a moins. La domiciliation chez l'un ou l'autre peut paraître une solution radicale, mais elle lui permet de prendre position, de se situer, et de reconnaître une souffrance que la garde alternée tente de nier.

Je tiens néanmoins à préciser que, si je ne suis pas partisan de ce mode de garde à tout prix, ce n'est pas pour priver les pères de quoi que ce soit. Je plaide davantage pour une véritable alternance : une année chez le père, une autre chez la mère, ou le primaire chez la mère, le secondaire chez le père. Pendant ce temps le parent non gardien exerce un droit de visite classique, un week-end sur deux et la moitié des vacances scolaires. Voilà une autre vision de la parité.

6. Le travail de deuil

La mort, qui interdit tout espoir de retour et de retrouvailles, est la seule séparation qui soit définitive. Après la perte d'un être cher, le monde paraît pauvre et vide, comme l'écrit Freud, et il va falloir du temps et de l'énergie pour que l'endeuillé puisse le réinvestir. Ce temps et cette énergie sont mobilisés par le travail de deuil, qui va permettre d'admettre peu à peu la réalité de la perte et d'intégrer le souvenir du disparu, grâce auquel le lien perdure, malgré l'absence.

Cette mort qui fait si peur

Voilà bientôt deux ans que, toutes les nuits, Thibault, 11 ans, originaire du beau village d'Oloron, dans les Pyrénées, se réveille, allume toutes les lampes et se précipite dans la cuisine où il inspecte placards et réfrigérateur, à la recherche de quelque chose à manger. Quand je lui demande pourquoi il fait ça, il me répond : « Parce que j'ai peur de la mort. » La nourriture ne suffisant pas à apaiser son angoisse, depuis peu Thibault vient étreindre ses parents, s'agrippant à eux comme pour mieux les empêcher de disparaître.

Son père, qui l'a amené, me confie que, durant des années, sa femme et lui ont eu de vives disputes, la violence – verbale, mais non physique, me précise-t-il – entre les adultes rejaillissant sur les enfants qui subissaient ces éclats sans pouvoir les calmer.

Quand j'interroge Thibault pour savoir s'il garde un souvenir particulier de cette période, il me raconte une autre anecdote qui remonte à sa sixième année. Il était à la campagne chez un cousin, dont le père, truand à la petite semaine, dévalisait les fermes du coin, prenant le risque de se faire tirer dessus par l'un des paysans souvent armés de carabines. A cette époque, Thibault et son cousin jouaient à la guerre avec des fusils en plastique, et c'est à ce moment-là, dit-il, qu'il a commencé à avoir vraiment peur de la mort : « On faisait semblant de mourir… Moi, je pensais que je ne mourrais jamais parce qu'il n'y a qu'à la guerre qu'on meurt. Mais mon cousin m'a dit qu'il y avait toutes sortes de guerres et qu'on pouvait mourir de plusieurs façons. »

On peut alors établir un lien entre la guerre meurtrière qu'il imagine et celle à laquelle se livrent ses parents. A force de se combattre, ces deux-là risquent de se séparer – Thibault les a entendus plusieurs fois évoquer cette éventualité –, mais aussi de mourir, la peur de la mort venant ici exprimer la peur de la séparation et de la perte qu'elle représenterait. Parce qu'il craint de perdre ses parents – ou, plus exactement, le couple de ses parents –, Thibault a peur de perdre sa vie.

Revenons un peu à l'ontogenèse de l'idée de la mort. Elle n'existe pas chez le tout-petit. Sans doute l'absence physique de sa mère (ou de son père, ou de toute personne s'occupant de lui et assurant les soins nécessaires à sa survie) est-elle vécue comme une perte, d'autant plus forte et dommageable que le bébé n'existe pas en dehors de sa mère, mais la mort n'est pas représentée.

Jusqu'à l'âge de 5, 6 ans, la mort est imaginée comme étant réversible. L'enfant se penche par la fenêtre et pense : « Je peux sauter avec mon chat, tomber et mourir. Les pompiers viennent me chercher, m'emmènent à l'hôpital et je rentre à la maison pour jouer avec mon chat. » Pour lui, la mort n'existe pas vraiment. Lorsqu'on lui annonce le décès de quelqu'un, il n'est pas rare que l'enfant demande quand il va revenir, puisqu'on est mort aujourd'hui mais qu'on sera vivant demain ou même tout à l'heure, comme dans ces jeux où les morts n'en finissent jamais de ressusciter.

Vers 6 ans, la mort est prise pour ce qu'elle est : une séparation irréversible, et cette prise de conscience peut entraîner l'apparition de tics, de troubles du sommeil, de peur des maladies ou des microbes. L'enfant comprend que tout le monde meurt un jour : ses parents peuvent donc mourir, tout comme lui.

Freud disait de la peur qu'elle est la maladie physiologique de la petite enfance, maladie inévitable et signe d'un bon développement. Durant ses premières années, l'enfant va faire ses gammes de toutes les peurs possibles : peur du noir, peur du loup, peur des araignées, peur de l'eau, peur des fantômes… pour mieux les abandonner dès lors qu'il aura été rassuré. A l'instar des maladies infantiles, ces peurs l'immunisent en quelque sorte. La peur de la mort vient clôturer cette période, suppléant toutes les autres peurs, qu'elle rend dérisoires. C'est l'âge où l'enfant quitte la période œdipienne : les pulsions sexuelles entrent en latence et l'énergie qu'elles mobilisaient est mise au service des apprentissages. Il s'intéresse alors à la mort de façon presque épistémologique, se passionnant pour l'anatomie, les squelettes, les maladies, les dinosaures et autres espèces disparues… Le savoir lui permet de se familiariser avec l'idée de la mort et, surtout, de se protéger de la crainte qu'elle lui inspire. Dans le même temps, le roman familial, avec ses parents imaginaires et brillants, l'aide à lutter contre l'angoisse d'être « abandonné » si ses parents réels venaient à disparaître. La peur de la mort signe la perte de la petite enfance et de l'extraordinaire puissance créatrice et poétique qui la caractérise.

Plus tard, à l'adolescence, l'idée de la mort va prendre une nouvelle réalité et une nouvelle intensité. Et c'est bien pour tenter de contrôler la mort que les adolescents l'agissent à travers des conduites à risques, roulant trop vite et sans casque sur leur scooter, expérimentant des substances illicites, ayant des relations sexuelles non protégées… A cet âge, mourir, ou tout au moins flirter avec la mort, est une façon de conquérir sa vie, d'en devenir propriétaire, comme on doit devenir propriétaire de soi, de son corps qui se transforme et qu'on ne reconnaît plus. Pour l'adolescent, la mort est parfois fascinante, alors que pour Thibault, encore jeune, elle demeure effrayante, en partie à cause des disputes entre ses parents qui le confrontent à l'éventualité d'une perte imposée et qu'il pressent définitive. A l'orée de l'adolescence, c'est lui qui doit s'éloigner de ses parents et non pas eux qui doivent le quitter. Il est le seul à pouvoir jouer avec l'idée de la mort.

Le refus de la perte

Lorsque je vois Marion pour la première fois, elle a 7 ans. Son grand frère vient de décéder dans un accident et, depuis, elle souffre d'encoprésie[1].

Je la revois trois ans plus tard, alors que la vie la malmène encore. Cette fois, c'est son père qui vient de mourir d'un mélanome et, à nouveau, Marion est encoprétique. Un même traumatisme, celui de la mort, provoque par deux fois le même symptôme.

L'apprentissage de la propreté est une conquête d'autonomie essentielle, puisqu'elle représente la première séparation sociale. C'est en étant propre que l'enfant va pouvoir aller à la grande école, mais c'est aussi à ce moment qu'il va découvrir l'intimité. L'encoprétique nous place face à un paradoxe. Il refuse de se séparer de ses matières fécales, qui sont une partie de lui-même, et dans le même temps, il refuse l'ordre établi, le cadre. Les sentiments négatifs qu'il provoque, chez ses parents notamment, lui donnent en fin de compte le sentiment d'être autonome. Cependant, s'il se montre en effet autonome dans son refus du social et de la sociabilité, en revanche, il n'est pas autonome par rapport à lui-même parce qu'il se bloque dans une stratégie d'opposition et d'isolement, tout en maintenant un lien perverti avec ses parents. L'encoprétique campe dans une position individua-

---

1. Incapacité à se séparer de ses fèces ou, de manière plus agressive, incapacité à les retenir.

liste et refuse l'ouverture aux autres par peur de se perdre lui-même.

Souvent, un enfant devient encoprétique à la naissance d'un petit frère ou d'une petite sœur ; on pourrait parler alors d'encoprésie d'apparition. Marion, elle, fait une encoprésie de disparition, quand son frère, puis son père meurent.

Comme la naissance, la mort d'un membre de la fratrie fait émerger la question de la préférence, le disparu devenant souvent pour les parents une sorte d'enfant idéal, celui qui aurait tout réussi ; pour les autres enfants, il devient le frère ou la sœur présumé(e) préféré(e), qu'ils ne peuvent pas critiquer. L'encoprésie apparaît donc comme une façon de s'en distinguer, par le négatif, tout en signifiant aux parents que l'on souffre d'une pathologie et qu'à ce titre on mérite aussi leur attention. Mais on choisit la provocation plutôt que l'affection, le refus plutôt que la soumission, les sentiments négatifs suscités chez les parents étant alors à la hauteur des sentiments positifs que ceux-ci portent au disparu. On ne dira jamais assez à quel point il faut redoubler de vigilance avec les enfants survivant à la mort d'un frère ou d'une sœur, comme avec ceux qui ont un frère ou une sœur malades.

Retenir ses fèces, c'est refuser de se séparer d'une partie de soi. Perdre un parent, c'est aussi être séparé d'une partie de soi-même. Pour Marion, les pertes successives du frère et du père sont vécues comme une amputation d'elle-même, amputation contre laquelle elle lutte comme elle peut, en essayant de tout garder et contenir, comme si cela pouvait lui garantir de rester entière. Elle ne veut pas se perdre, pas plus qu'elle ne veut perdre sa maman, sans doute moins disponible pour elle du fait de ces deux deuils.

« Faire son deuil », l'expression est à la mode. Chacun de nous passerait ainsi sa vie à « faire le deuil » de tout : de ses illusions, de sa jeunesse, d'un amour, d'une maison, d'un objet perdu…

Freud, lui, parle de « travail de deuil », un processus obligé dont on ne peut faire l'économie, pas plus qu'on ne peut faire l'économie de la souffrance. Un processus dont il détermine la durée approximative : le deuil « normal » durerait un an et demi ; le deuil pathologique, une durée indéterminée, voire illimitée. Selon lui, le deuil « comporte un état d'âme douloureux, la perte de l'intérêt pour le monde extérieur – dans la mesure où il ne rappelle pas le défunt –, la perte de la capacité de choisir quelque nouvel objet d'amour que ce soit – ce qui voudrait dire que l'on remplace celui dont on est en deuil –, l'abandon de toute activité qui n'est pas en relation avec le souvenir du défunt. […] Cette inhibition et cette limitation du moi expriment le fait que l'individu s'adonne exclusivement à son deuil, de sorte que rien ne reste pour d'autres projets et d'autres intérêts[1] ».

A mesure que l'on grandit et que l'on se découvre mortel, le deuil devient plus long, plus douloureux. Plus ils sont jeunes, plus les enfants ont des capaci-

---

1. « Deuil et mélancolie », in *Métapsychologie*, « Folio », Gallimard.

tés surprenantes à effectuer des deuils rapides. Leur pulsion de vie et leur puissance imaginative sont plus fortes que le chagrin, qu'ils poétisent. Si celui-ci les submerge parfois, il est vite balayé par leur formidable envie de vivre.

Cela n'empêche pas, comme chez Marion, que cette tristesse s'exprime sous la forme d'un symptôme qui traduit sa difficulté à accepter la perte et la disparition, d'autant plus douloureuses que, à chaque fois, la fillette était en âge de comprendre que ni son frère ni son père ne reviendraient.

Pour l'aider, j'essaie d'évoquer avec elle des souvenirs agréables en compagnie de son papa, notamment une dernière semaine passée à la montagne durant laquelle il avait acheté des skis paraboliques après avoir, dans un premier temps, chipé ceux de sa femme qui ne voulait pas skier. A cette évocation, Marion sourit.

Parce qu'il rend un peu de vie aux défunts, leur permet de survivre dans notre pensée, le souvenir soigne la perte. Il la colmate en empiétant un peu sur la béance de l'absence.

Au début, la mort et la douleur causée par la séparation définitive envahissent tout ; on ne perçoit que le manque, l'absence du disparu. Puis, peu à peu, la pensée recrée la présence, la douleur est infiltrée de réminiscences de moments heureux partagés, les morts redeviennent vivants dans nos souvenirs. Finalement, on se surprend à continuer une relation affective avec les morts qui nous sont chers. La vie nous a séparés, mais le lien perdure au-delà de la disparition.

Et, inconsciemment, nous faisons tout pour préserver ce lien. Il y a une fidélité aux personnes disparues qui n'a rien à voir avec la pathologie. On la provoque, on l'entretient. Il suffit par exemple qu'une grand-mère meure pour qu'on évoque avec émotion sa confiture de cerises ou ses pommes de terre sautées à l'ail. Quelle que soit la saveur des confitures et des pommes de terre que l'on pourra manger par la suite, on les trouvera toujours moins bonnes, simplement parce qu'elles n'ont pas été cuisinées par la grand-mère. Les vivants ne feront jamais les choses comme les faisaient les morts, et c'est tant mieux. C'est une façon de garder une place aux défunts, de continuer à les faire vivre, de reconnaître qu'ils sont irremplaçables.

En a-t-on jamais fini avec le deuil ? A propos de sa fille Sophie, morte en 1920, Freud lui-même écrit, neuf ans plus tard : « On sait qu'après une telle perte, le deuil aigu s'atténuera, mais on reste toujours inconsolable, sans trouver de substitut. Tout ce qui prend cette place, même en l'occupant entièrement, reste cependant toujours autre. Et, au fond, c'est bien ainsi. C'est la seule façon de perpétuer cet amour qu'on ne veut abandonner à aucun prix. »

Le deuil n'est pas une maladie

A la montagne où il est en classe de neige, Pierre, 12 ans, est emporté par une avalanche avec Jérôme, son meilleur ami. Il a le temps de voir celui-ci disparaître sous la neige avant de se sentir happé lui-même.

Puis les secouristes arrivent. Lorsqu'ils le tirent pour le dégager, Pierre hurle de douleur : il a les deux jambes fracturées en plusieurs endroits. Autour de lui, il entend dire d'un air affolé : « Il meurt, il meurt… » et sent qu'on lui fait un massage cardiaque pour le ramener à la vie. Pierre sombre bientôt dans le coma. A la Timone, où il est hospitalisé, on envisage d'abord une trachéotomie, puis on renonce, préférant fixer les fractures des jambes et surveiller l'évolution de son volet costal, fracturé lui aussi.

Quand Pierre reprend connaissance, sa mère est déjà près de lui, arrivée par avion spécial de la région parisienne, où ils habitent. La première question qu'elle lui pose est : « Tu te souviens de l'avalanche ? » Le garçon s'étonne. Comment sait-elle pour l'avalanche ? Lui a du mal à savoir où il est, se demande s'il n'a pas fait une de ces crises d'asthme dont il est coutumier. Puis il éclate en sanglots : « Où est Jérôme ? » Elle lui raconte alors l'avalanche, ses fractures, son coma, mais aussi la mort de Jérôme, dont le corps a été retrouvé. Pierre pleure beaucoup, répétant qu'il n'oubliera jamais cet ami. Il ajoute aussitôt : « Mais comment vais-je pouvoir aller au collège avec mes fractures ? Quand vais-je y retourner ? » La réaction n'est pas choquante chez un enfant de cet âge, excellent élève de surcroît, et que la perspective d'un redoublement effraie. Un enfant est essentiellement un sujet d'avenir, plutôt qu'un sujet de doutes, de dépressivité et de regrets.

Face à sa réaction tellement « normale », je pense que ce garçon n'a nul besoin de mon aide. Peut-être gardera-t-il de cet épisode une fragilité particulière qui s'exprimera lorsqu'il sera papa à son tour et laissera partir ses enfants en colonie de vacances ou en classe verte, rien de plus. En attendant, laissons-le reprendre l'école en se souvenant de son ami mort trop tôt et en apprivoisant le manque. Il faut le répéter ici, le deuil n'est pas une maladie. Dans « Deuil et mélancolie », Freud écrit : « Il est aussi très remarquable qu'il ne nous vienne jamais à l'idée de considérer le deuil comme un état pathologique et d'en confier le traitement à un médecin, bien qu'il s'écarte sérieusement du comportement normal. Nous comptons bien qu'il sera surmonté après un certain laps de temps, et nous considérons qu'il serait inopportun et même nuisible de le perturber. » Il faut être attentif aux personnes endeuillées, mais ne pas anticiper leurs difficultés afin de ne pas les déposséder de leur deuil. Toutes les cellules psychologiques qui se portent au secours des survivants d'un accident ou d'un drame sont sans doute animées par les meilleures intentions du monde. Pourtant, cet empressement me paraît suspect : comme s'il fallait aider les gens à ne pas souffrir parce que la souffrance, au même titre que la maladie et la mort, sont dérangeantes dans une société aseptisée qui voudrait faire du bonheur un état permanent et un idéal en soi.

Je ne suis pas un doloriste convaincu, mais je crois que l'on se construit au moins autant dans la tristesse et dans la perte que dans une béatitude factice. Tout le développement de l'enfant nous le montre : les pertes, les ruptures, les cassures constituent un étayage qui permet de grandir, de progresser et de s'autonomiser.

Il est impossible de ne pas perdre. En revanche, chacun va mettre en place des stratégies personnelles pour rendre la séparation et la perte supportables.

Etrangement, la maman de Pierre viendra bientôt me revoir. « Je crois que je vais avoir besoin de vous malgré tout… Pierre a une sœur qui s'entend très mal avec lui. Avant son départ, elle lui a dit qu'elle était bien contente qu'il ne soit plus là et a prétendu espérer qu'il crève au ski. »

Ce n'est pas Pierre qui a eu besoin de suivi, mais sa sœur, leur histoire montrant que l'événement traumatique en lui-même n'est pas toujours le plus difficile. Ce qui compte, dans le fond, ce sont les temps qui l'ont précédé.

Des stratégies pour lutter contre la perte

A 6 ans, Romain est agité de tics : il tire sans cesse l'encolure de ses vêtements et fait des mouvements d'épaule qu'il ne contrôle pas. Ce petit garçon manifeste déjà de vives inquiétudes au sujet de la mort. Il faut dire qu'il y a été confronté très tôt : issu d'une naissance gémellaire, son jumeau est mort *in utero*. Et voilà que son papa est atteint d'un sarcome d'Ewing, une forme de cancer gravissime qui va l'emporter en quelques mois. C'est durant cette maladie que les tics sont apparus, manifestation motrice de quelque chose qui ne se résout pas sur le plan psychique, et qui, faute d'être intégré et métabolisé de façon fantasmatique, « sort » et s'exprime à travers le corps.

Dans un premier temps, je confie Romain à une sophrologue, une médiation corporelle pouvant se révéler très efficace pour venir à bout de ce genre de symptôme.

Pourtant, lorsque je le revois, quelques mois plus tard, ses tics se sont encore accentués et transformés en grimaces et en reniflements permanents. Romain me paraît très déprimé : après la mort de son père, sa mère s'est assez vite remise en ménage avec un homme, professeur de ski nautique, que le petit garçon a bien accepté. Mais le couple s'est séparé et le départ de ce beau-père relance Romain dans une phase de deuil visiblement douloureuse. Cette fois, il accepte de parler de son désarroi et d'entamer une psychothérapie.

Les grimaces et reniflements vont en diminuant, il travaille bien, se prend de passion pour l'espace et déclare vouloir devenir astronaute. Il reste néanmoins sur une note dépressive, qu'il met en scène comme s'il avait compris que c'était là un moyen de capter un peu plus sa maman, laquelle tombe dans le piège de cette fusion.

Six mois plus tard, je revois la mère et le fils, ensemble. La première semble désormais fixée dans une relation affective stable avec un homme qui a un enfant du même âge que Romain, dont il a la garde une semaine sur deux. S'il semble moins déprimé, le petit garçon présente toujours les mêmes symptômes d'anxiété à travers ses tics au niveau du col et de l'épaule.

Lors d'une consultation, il me raconte deux rêves. Le premier concerne son jumeau trop tôt disparu.

Romain rend visite à son père dans une maison qui n'est pas la sienne et où celui-ci vit avec une nouvelle femme... et un fils, dans lequel il reconnaît son jumeau. Romain prend son frère dans ses bras : c'est encore un tout petit garçon qui n'a pas grandi et qui lui paraît tout frêle, comme s'il n'avait pas mangé depuis longtemps. C'est au moment de ces retrouvailles que Romain se réveille, en pleurs.

Ce beau rêve, si fort émotionnellement, est important à plus d'un titre. Il montre que le deuil du jumeau est en train de s'effectuer en douceur, Romain comprenant que le temps a passé, qu'il a grandi alors que son frère est resté immuablement petit, figé comme il l'était au moment de sa mort. Il éprouve toujours pour lui une affection profonde, ainsi que le prouve son attitude dans le rêve, lorsqu'il porte et câline son jumeau. La représentation de celui-ci est désormais plus forte que sa disparition. Romain a réussi à le retrouver par la pensée, mais aussi par sa force affective et la qualité de sa relation fraternelle.

En comparaison, le second rêve paraît beaucoup moins apaisant et apaisé. C'est un rêve récurrent, que Romain me dit avoir fait pour la première fois lors de la Toussaint qui a suivi la mort de son père. Un petit bonhomme noir vient vers lui pour lui dire un mot, un seul : « Difficile », avant de disparaître, le laissant seul et inquiet quant à la signification de ce terme. Ce rêve-là évoque le deuil du père, visiblement impossible à effectuer pour l'instant, alors que la mère semble l'avoir fait avec une grande rapidité. En temps normal, on l'a vu, les enfants guérissent plus vite du deuil que les adultes, en particulier que le parent survivant, quitte à surjouer un peu la tristesse pour conserver l'amour de ce dernier. Dans l'histoire de Romain, c'est l'inverse qui se produit : parce que sa mère guérit trop vite sans doute, il prend le deuil sur lui, ce deuil qui le rend naturellement inquiet et affligé. En se remettant en couple, sa mère lui donne l'impression de se débarrasser de son papa, et c'est comme si, en réaction, il s'efforçait par son chagrin de perpétuer la présence paternelle, chassée de la maison un peu hâtivement. Même si les enfants ne l'expriment pas comme nous, même si l'on peut avoir l'impression qu'ils sont indifférents, il faut respecter le temps de leur deuil, en laissant assez d'espace et de présence au défunt.

Lors d'une séance, je demande à Romain d'évoquer son plus beau souvenir avec son papa. Il me répond : « Eldorado City, quand on jouait au voleur, que mon père s'enfuyait à cheval et faisait semblant de tomber et d'être blessé. Alors je pouvais le capturer. » Un souvenir heureux de complicité dans le jeu, mise en scène de la maladie ou de la mort et de l'angoisse qu'elles représentent pour Romain, du fait de la disparition précoce de son jumeau, le jeu lui permettant de capturer son papa pour rester avec lui, et de l'empêcher de disparaître.

Je l'interroge ensuite sur son plus mauvais souvenir au sujet de son père. La réponse ne se fait pas attendre :

« Quand il est tombé du toit qu'il réparait et qu'il s'est cassé l'épaule. » Par ces mots, il me fait comprendre l'origine de ses tics : ils sont une manifestation motrice de son père disparu, un moyen de faire vivre le père à travers son propre corps. Le tic, sorte de rituel involontaire et répété de façon non contrôlée, apparaît ici comme une manière de lutter contre la perte du père, de tenter de la tenir à distance en réinventant la présence paternelle – une façon de lutter aussi contre le sentiment d'abandon qui l'étreint car un parent qui meurt est toujours un parent qui abandonne.

Plus généralement, tout rituel est une stratégie anti-séparation. Bien sûr, nous avons tous, et l'enfant surtout, besoin d'un minimum de rituels qui confèrent une certaine stabilité à notre existence. En offrant un cadre fixe, le rituel assure l'ordre et la pérennité des choses. Chacun de nous y est plus ou moins attaché, en est plus ou moins dépendant. Cependant, du routinier au maniaque ou à l'obsessionnel, tous les rituels n'ont pas la même valeur ni la même fonction.

Nul n'échappe à une certaine routine – se lever, s'habiller, se nourrir, partir à l'école ou au bureau (et en revenir) à telle heure… – qui permet d'être adapté au monde. On ne peut pas tout changer chaque jour, ce serait un signe d'instabilité chronique. On se plaint volontiers du poids de la routine, mais serait-on vraiment prêts à y renoncer ? Grâce à elle, chaque chose est à sa place ; elle nous offre ainsi quelques repères stables dont nous avons besoin pour ne pas nous perdre. Régulièrement, les vacances viennent ponctuer cette routine… qui cède souvent sa place à une nouvelle routine : on part tous les ans au même endroit, avec les mêmes amis, on s'inscrit à des activités qui nécessitent d'être à l'heure…

Sortir de la routine, c'est partir à la découverte, explorer, inventer, changer… et, personnellement, je trouve que c'est un excellent signe sur le plan psychique. Car le psychisme est fait de variabilité. Toujours en mouvement, il a une extraordinaire capacité à aller et venir, associer les idées, en créer de nouvelles, se projeter vers l'avenir, revenir dans le passé, imaginer, inventer, se souvenir, regretter, désirer… Le psychisme en bonne santé n'est jamais linéaire. Dans sa vie, chacun peut choisir de suivre une ligne droite qui lui semble toute tracée, sans prendre le risque de s'en écarter, et sans doute le psychisme finira-t-il par se laisser bercer par la monotonie du voyage sur ce chemin balisé. Pourtant, il va ainsi contre sa nature. Le psychisme est fait de chemins de traverse, d'égarements, d'emballements ; à certains moments il ralentit un peu, à d'autres au contraire il accélère… Quantité de choses nous poussent vers la routine et le comportement stéréotypé ; il faut prendre garde toutefois à ne pas s'y laisser enfermer. Faute de quoi, notre comportement ne correspond plus à un libre choix mais à une obligation interne sur laquelle on n'a pas de prise.

L'obsessionnel est sans nul doute quelqu'un qui ne peut pas se séparer. Il répète à l'envi des stratégies pour ne rien perdre de ce qu'il a et qui le rassure. A un certain moment, l'obsessionnel ne vit plus : il perd sa vie à force de vouloir la maîtriser, il *se* perd. La seule réalité qu'il reconnaît est le rituel – toucher un objet, se laver les mains, sentir, flairer… – qui le protège de l'inconnu angoissant et vient peu à peu remplacer l'inventivité, l'imaginaire, le hasard, le désordre… tout ce qui fait la vie. L'obsessionnel ne se détache plus, il est lié à un comportement dont il ne peut se défaire, qu'il ne peut plus abandonner. Prisonnier de ses stratégies de défense, il n'est plus libre mais enchaîné à l'habitude qui se substitue à tout autre lien.

Il y a cependant une grande différence entre la névrose obsessionnelle et les rituels de réassurance. Nous avons tous des rites et des obsessions, mais quand ces derniers organisent une névrose, la vie est amputée et l'obsessionnel passe sa vie à ne pas pouvoir la vivre.

Casser la routine, c'est ouvrir une nouvelle parcelle de liberté. Cela comporte une part de risque : Que va-t-on trouver que l'on n'avait déjà ? Est-ce que ce sera mieux ou moins bien qu'avant ? Il faut surtout accepter l'idée que ce sera différent, et c'est le changement qui va nous faire progresser en nous obligeant à nous adapter, à trouver de nouveaux repères et une nouvelle place dans le monde. Il n'y a pas de vie sans désordre.

Le deuil impossible

Antoine, 10 ans, a de grosses difficultés scolaires. Il a d'abord redoublé le CP, s'est maintenu tant bien que mal jusqu'au CE2, où il est à nouveau menacé de redoublement. Comme souvent en pareil cas, je me demande un peu pourquoi ses parents viennent me consulter, si c'est bien le rôle du pédopsychiatre de lutter contre l'échec scolaire, et si un bon pédagogue ne serait pas plus efficace que moi… Le cas d'Antoine est pourtant différent : au cours de la conversation, le garçon me semble en effet avoir des difficultés intellectuelles, difficultés de compréhension et d'association notamment, et je prescris un bilan, un test psychométrique et un test de QI, en disant à ses parents : « Je crois qu'on ne peut pas lui demander de réussir alors qu'il ne le peut pas. » J'avoue que ce que je leur assène n'est pas très porteur et laisse peu de place à un espoir d'amélioration, mais c'est malheureusement ce que je pense.

La mère demande alors que son fils sorte parce que, dit-elle, elle sait pourquoi il va mal et se trouve en situation d'échec scolaire. Elle me raconte qu'elle a eu un autre enfant avant Antoine, un bébé qui, quinze jours avant le terme de la grossesse, est mort *in utero*. La douleur inimaginable que représente ce que l'on appelle une « grossesse à ventre vide », ou une « grossesse tombeau », laisse souvent des traces psychiques profondes. Pour la mère d'Antoine, les séquelles étaient aussi physiques car, à la suite de l'accouchement provoqué, elle a dû subir plusieurs interventions gynécologiques. Quand, avec son mari, elle a décidé d'avoir un deuxième enfant, elle a rencontré beaucoup de difficultés, comme si l'enfant mort *in utero* avait entraîné une stérilité psychique. Lorsqu'elle s'est enfin trouvée enceinte, cette femme a vécu sa grossesse dans la terreur que l'histoire ne se reproduise et, quinze jours avant le terme, elle a éprouvé de nouveau une violente douleur dans les côtes. Refusant de prendre le moindre risque, le gynécologue a décidé de déclencher l'accouchement. Antoine est né « étonné », autrement dit il n'a pas respiré tout de suite, mais tout s'est vite arrangé.

Ses parents n'ont jamais réussi à parler de ce frère à Antoine, et la mère me dit : « C'est le secret de cette mort qui explique pourquoi il ne travaille pas bien à l'école. »

Ce que cette femme ne comprend pas, c'est que ce secret ne change rien à l'affaire : son fils est déficitaire. Mais elle ne peut pas le voir. Le reconnaître, ce serait faire face à une double culpabilité : comme elle s'est sentie coupable de la mort de son premier bébé, elle se sentirait coupable du handicap du second. Or, la culpabilité la ronge déjà ; à ses propres yeux, elle est deux fois mauvaise mère : la fusion impossible avec le premier a entraîné une impossibilité à fusionner avec le second, comme si, n'ayant pas pu tenir le premier enfant dans ses bras, elle avait perdu toute capacité à materner. Elle dit elle-même que, puisqu'elle n'a pas pu apprendre avec le premier, elle n'a pas su comment faire avec le second. Elle est restée vide d'enfant, les bras vides, sans bébé à étreindre, ce qui a engendré un trouble de l'ajustement qu'elle ne cesse de se reprocher. Elle est prisonnière du souvenir de sa première grossesse, accrochée à un enfant qui n'a jamais vu le jour, et ce lien morbide l'empêche d'en créer un nouveau. Dans le fond, le second bébé n'existe pas plus que le premier.

Perdre un enfant est sans conteste l'une des choses les plus douloureuses qui puisse arriver à des parents, parce que, justement, on fait des enfants pour se prolonger et pour qu'un jour ils puissent continuer sans nous. L'inverse est inconcevable, à tel point qu'il n'existe pas de mot pour désigner les parents endeuillés – les enfants sont orphelins, mais les parents n'ont pas de nom. Quand ils attendent un enfant, tous les parents – les pères comme les mères – rêvent d'un enfant imaginaire, enfant qu'ils auraient voulu être, objet de leurs désirs et de leurs craintes, conscients et inconscients. A la naissance, ils sont confrontés à un enfant réel, toujours différent de celui de leurs rêves, même si, pendant un temps, ils continueront à projeter sur lui les qualités prêtées à l'enfant imaginaire, avant d'accepter l'enfant réel pour ce qu'il est.

La maman d'Antoine, elle, n'a jamais pu faire le deuil de son enfant imaginaire, qui n'a jamais été incarné, et dont le souvenir si vivace l'empêche encore de voir l'enfant réel et vivant. Elle dénie le handicap intellectuel de celui-ci parce que l'imaginaire est tellement fort, tellement ancré en elle, qu'il colmate la déficience du réel. Le souvenir de sa première grossesse obture toute possibilité interprétative. Elle est dans un deuil impossible.

7. Le(s) souvenir(s) et l'oubli

Le souvenir, comme l'oubli, sert à colmater la perte. Il est parfois nécessaire d'oublier, sans quoi l'on est dans une névrose obsessionnelle grave et dans l'impossibilité de vivre le présent. Mais il faut aussi se souvenir, sinon l'on se perd soi-même.

La mémoire, qui suit des réseaux neurologiques complexes, est fonction du psychisme et nul ne peut prédire de quoi il se souviendra. Au fur et à mesure de l'existence, la mémoire de fixation perd de la vigueur tandis que la mémoire d'évocation en gagne. C'est ainsi que l'on tombe dans la nostalgie, ressassant un passé que l'on n'en finit pas d'idéaliser et qui se matérialise grâce à des objets que nous avons conservés pour nous aider à adoucir la douleur des séparations.

Les souvenirs, objets transitionnels

Parmi tous les héros de mon enfance, il en est un qui occupe une place particulière, c'est Plume Blanche. Plume Blanche était de tous les combats, de toutes les embuscades, de toutes les rêveries, de tous les jeux. Chaque fois que j'étais en difficulté, Plume Blanche apparaissait et tout s'arrangeait. Il négociait, tempérait, ordonnait et parvenait à dénouer les situations les plus scabreuses. Plume Blanche possédait toutes les qualités et toutes les vertus, et pourtant, ingrat, j'ai fini par l'abandonner.

Bien des années après, alors que je participe à une formation pour les principaux de collège, je rencontre Yves, un ami d'enfance. Il a bien connu Plume Blanche lui aussi et m'avoue ce jour-là que c'est lui désormais qui le possède. Car Plume Blanche est un jouet, un Indien valeureux, le seul au milieu d'une troupe de cow-boys qu'il réussissait à tenir en respect. Il a été le compagnon idéal d'une partie de mes jeunes années toulonnaises, avant que je ne le range dans une valise avec d'autres trésors et que je finisse par l'oublier. Yves ne l'avait pas oublié, lui, et il lorgnait sur la vieille valise où il savait qu'il se trouvait. Pour lui faire plaisir autant que pour gagner un peu de place dans notre minuscule appartement, ma mère le lui a donné, me dépossédant de Plume Blanche.

Aussi ridicule que cela puisse paraître, j'en ai (un peu) voulu à Yves et j'ai dû prendre sur moi pour ne pas le supplier de me rendre Plume Blanche toutes affaires cessantes. Parce qu'il était un souvenir de mon enfance, cette enfance dont on a tous tant de mal à se séparer. Et d'ailleurs, la quitte-t-on jamais tout à fait ?

On sait que, pour l'enfant, le jeu est une activité sérieuse par excellence. Lorsqu'un enfant ne joue pas, on est en droit de s'inquiéter de sa santé mentale. Jouer est presque une obligation puisque le jeu vient colmater l'anxiété de la séparation et de l'isolement, qui toujours étreint l'enfant. Une bonne partie des jeux met en scène des scénarios de perte et de séparation. Freud l'a montré en observant son petit-fils jouant avec une bobine à laquelle était attaché un fil. Le petit garçon jetait la bobine en criant « Dooo », dans lequel son grand-père entendait l'expression de « *Fort* » (« loin » en allemand), puis il la ramenait vers lui en tirant sur le fil, saluant sa réapparition d'un « *Da* » que l'on peut entendre comme « voilà ». Pour Freud, l'enfant mimait ainsi la disparition de sa mère, toujours suivie de son retour, mais, par la grâce du jeu, il ne se contentait pas de la subir, il devenait acteur de la séparation, qu'il maîtrisait. Les parents qui, face à leur bébé, se cachent le visage derrière les mains avant de les écarter en disant : « Coucou, c'est moi ! » ne font rien d'autre que de familiariser leur enfant avec leurs absences, et cette suite d'apparitions et de disparitions préfigure une partie de ce que sera son existence.

Ce n'est pas un hasard si l'enfant aime plus que tout se cacher, faire le mort. Ah, le jeu de cache-cache ! Eprouver le frisson de disparaître, de pouvoir être seul… Quelle jouissance quand celui qui cherche l'enfant passe à côté sans le voir ! C'est le moment sacré du jeu, un moment de bonheur inoubliable. Mais s'il tarde à être trouvé, si la disparition se prolonge, l'angoisse le submerge. La séparation, oui, à condition qu'elle soit provisoire, et toujours suivie de retrouvailles.

Apparition, disparition… Est-ce que certains de nos liens et de nos relations ne suivent pas ce rythme-là ? On se voit, on ne se voit plus, mais on sait toujours qu'on est là et on survit d'autant mieux à l'absence de l'autre qu'on sait pouvoir le retrouver quand on le souhaite.

Le jeu qui apprend à apprivoiser l'absence est aussi un formidable séparateur de la mère et de l'enfant. Peu à peu, celui-ci va se mettre à jouer seul ou avec d'autres petits de son âge, avec lesquels il partage un même univers, les jeux se différenciant au fur et à mesure de son développement.

Ainsi Plume Blanche était-il un jouet socialisé, et les jeux auxquels je le faisais participer me permettaient de mettre en scène le monde que je voulais créer. L'Indien avait l'immense mérite d'être toujours là quand j'avais besoin de lui, mais il ne servait plus à apprivoiser l'absence ; c'était plutôt un objet de réassurance, une présence indéfectible dans le mouvement de la vie. C'est sans doute pour cela que l'on s'attache à certains jouets plus qu'à d'autres. Ces jouets d'élection vont, durant un temps, constituer un repère, une permanence ; cependant, comme les autres, ils sont faits pour être délaissés, abandonnés. La séparation se fait le plus souvent sans douleur, « de jeu las » (comme on dit « de guerre lasse »), parce qu'on n'en a plus besoin, qu'on peut passer à autre chose, à d'autres jeux et d'autres découvertes. Encore faut-il que ce soit l'enfant qui décide d'abandonner son jouet. Si d'aventure ce sont ses parents qui s'en débarrassent sous prétexte que ce n'est plus un jouet de son âge, ils le dépossèdent et lui imposent une séparation arbitraire et inutile à laquelle il n'est pas encore prêt. Au lieu de l'encourager à grandir, ils le confrontent à une perte qui s'avère douloureuse. Parce que l'enfant ne l'a pas décidée lui-même, il n'en est pas propriétaire et est condamné à la subir.

Plume Blanche a été pour moi, l'espace de quelques années, un être parfait que je parais de toutes les qualités, préfigurant ce que serait plus tard le meilleur ami de l'adolescence. Il était le héros que je ne suis pas devenu.

Pourquoi avais-je tant envie de retrouver Plume Blanche alors que je croyais l'avoir oublié ? Pour retrouver une trace de mon enfance, d'autant plus précieuse que je n'y pensais plus et qu'avec la distance je pouvais la magnifier. Bien plus qu'une empreinte de mémoire, le jouet représentait un souvenir concret, tangible. Le passé est un concept qu'il faut parfois matérialiser, et la mémoire n'est pas que pensée, elle a besoin d'organique, de physique, de matériel. Elle suit certains circuits neurologiques, et pour activer ces derniers, il est bon parfois d'avoir des supports – une pierre, un bijou, un morceau de papier, une fleur séchée, une photo… Tous ces petits objets, ces bricoles de trois fois rien auxquelles on s'attache parce qu'ils représentent un moment particulier de notre existence. Mais, à la manière de Magritte, on pourrait dire que la pierre n'est pas une pierre, pas plus que la bague n'est une bague, ni la fleur une fleur… Elles sont bien plus que cela : un lien avec des instants heureux dont on veut conserver la trace, comme pour se prouver que l'on n'a pas rêvé. Ce n'est pas l'objet qui compte, c'est le moment dont il est le représentant matériel. Il n'a d'intérêt que pour celui qui le conserve, pour relancer un peu de sa vie passée, heureuse ou malheureuse.

Quand j'ai quitté la maison de mon enfance, j'ai descellé un morceau de tomette, que j'ai toujours. Plus tard, j'ai gardé le capot de ma première voiture, une Simca 1000, de même que j'ai conservé un pull tricoté par ma mère, Louise, que j'enfile lorsque je navigue. Un pull qui n'a plus guère de forme, qui gratte un peu, mais que je m'obstine à porter à même la peau, comme pour retrouver un contact archaïque, et que je ne jetterais pour rien au monde. Si, d'aventure, il venait à s'effilocher, j'en couperais quelques brins de laine que je glisserais dans mon portefeuille. Toutes ces choses n'ont aucune valeur marchande, mais leur valeur affective – valeur symbolique aussi, sans doute – est telle que je ne veux pas m'en séparer. Peut-être que je ne le peux pas. A quoi bon m'amputer davantage ? Je regarde toujours avec étonnement les maniaques de l'ordre et de la propreté qui, régulièrement, font le tri de leurs affaires, dont ils se débarrassent, ces tornades blanches qui ne font confiance qu'à leur mémoire pour se souvenir. Moi, j'aime les poussières qui dansent dans les rais de lumière, les éraflures sur les meubles, la peinture qui s'écaille au mur… toutes ces imperfections qui rendent compte de la vie, comme les objets me reliant à ceux que j'ai perdus sont autant de repères dont j'ai besoin.

Je ne suis pas le seul. Nous sommes tous des Petits Poucets, mais au lieu de semer des cailloux sur notre route, nous les ramassons, toujours dans le but de retrouver notre chemin. Et nous avons beau savoir que nous ne referons jamais le chemin à l'envers, nous sommes heureux qu'ils soient là. Chaque objet, à sa façon, représente une perte, ou plus exactement, une tentative pour colmater la perte. Mises bout à bout, comme les cailloux, ces pertes successives finissent par dessiner la continuité d'une vie. Ces objets sont une preuve de notre existence, un moyen de retrouver notre passé, pour mieux nous projeter vers l'avenir. Les brocantes et les vide-grenier ne sont rien d'autre que des cimetières tristes de souvenirs abandonnés, objets orphelins que l'acheteur s'approprie, à charge pour lui de leur inventer une seconde vie, une seconde histoire, tout en créant la sienne.

Parmi eux, certains ont parfois plus de valeur que d'autres : ce sont les cadeaux. Existe-t-il plus beau remède contre la séparation et l'oubli ? Je ne pense pas qu'il y ait jamais de cadeau gratuit ; derrière l'envie revendiquée de faire plaisir à l'autre, on cherche surtout à laisser une trace de soi. « Pense à moi », « Souviens-toi de cet instant-là », « Je t'attache à moi, je m'attache à toi », murmure le cadeau. Il est un lien, une fusion, un morceau de soi que l'on donne à autrui dans l'espoir qu'il ne s'en séparera pas, gage qu'il ne nous oubliera jamais tout à fait. Le cadeau, mais aussi toutes ces petites choses que l'on garde précieusement, font figure d'objets transitionnels : ils maintiennent une présence qui nous aide à supporter la séparation et nous préserve de l'oubli.

Ils sont encore un moyen de laisser une trace de soi à ceux qui nous survivront. Certains amoureux gravent leurs initiales dans l'écorce d'un arbre sous lequel ils se sont embrassés, et les plus romantiques repasseront sous l'arbre, des années après, pour vérifier que les initiales sont toujours là, témoins d'un amour perdu ou qui perdure et dont ils retrouvent le parfum enivrant des débuts. Il y en a qui taguent leur nom sur les vitres du RER ou sur un mur de la ville comme une preuve qu'ils existent, qu'ils ont emprunté tel chemin à tel moment qui représente peut-être pour eux un moment particulier… Ces traces sont autant de façons de ne pas se séparer, de soi, des autres, d'un instant que l'on a aimé.

Dès avant sa naissance, le bébé reçoit des cadeaux, dont certains vont orner son berceau. Parmi tous ces jouets, il va bientôt en élire un que tout le monde désignera sous le nom de « doudou ». C'est ce que Winnicott appelait l'objet transitionnel. Pendant les premières semaines de son existence, le nouveau-né, tout entier confondu à sa mère, ne se perçoit pas différent d'elle, à tel point qu'il a le sentiment de fabriquer lui-même le lait qu'elle lui donne, pourrait-on dire. Avant de parvenir à reconnaître l'existence d'une réalité externe, distincte de sa réalité interne, il passe par ce que Winnicott appelle un « espace transitionnel », qui est une aire intermédiaire d'expériences entre ces deux réalités, « entre le subjectif et ce qui est objectivement perçu ».

L'objet transitionnel est une manifestation concrète de cet espace et nous permet de mieux le comprendre : il ne fait pas partie du nourrisson, pourtant, celui-ci ne le reconnaît pas encore comme une réalité extérieure. Ce n'est pas un objet interne, mais une possession. Cependant, ce n'est pas non plus un objet externe. Winnicott parle d'« objet non-moi » que l'enfant intègre peu à peu à son schéma corporel. Il est symbolique d'un objet partiel, le sein par exemple, mais il a une existence effective. La fonction de cet objet transitionnel est de représenter le passage entre la mère et l'environnement, de rétablir la continuité d'être menacée par la séparation avec la mère. A la fois consolateur et calmant, il est inséparable de l'enfant, qui a tous les droits sur lui. Il l'aime, le cajole, le maltraite ou le mutile, mais le doudou survit à tous les élans agressifs. En revanche, l'entourage n'a aucun droit sur lui, surtout pas le droit de le laver, de le raccommoder ou de le changer, car le doudou doit avoir une permanence. L'enfant le délaissera progressivement, car « les phénomènes transitionnels deviennent diffus et se répandent dans la zone intermédiaire qui se situe entre la réalité psychique interne et le monde externe », c'est-à-dire le territoire de la communication et de la culture, du langage et du jeu. L'objet se situe entre la projection narcissique et la relation objectale : il est à la fois l'enfant lui-même et l'autre.

Tous les enfants ont un objet transitionnel, car toutes les mères savent l'importance de leur donner un objet qui les aide à lutter contre l'angoisse de séparation. Et si les enfants oublient leur doudou, les mères, elles, le gardent en souvenir, afin qu'ils puissent reconstruire leur passé et se l'approprier alors qu'ils n'en ont pas la mémoire.

De ses premières années, en effet, l'enfant ne se souvient pas. Avant 2, 3 ans, âge de l'acquisition du langage, il n'a pas de souvenir conscient : il lui manque la capacité d'abstraction nécessaire et les représentations mentales et visuelles qui permettent la construction en pensée. De cette période, il conservera sans doute des traces mnésiques, mais qui ne sont pas représentables en images. En règle générale, on a peu de souvenirs avant 6 ans parce que, jusqu'à cet âge, et plus spécialement encore entre 3 et 6 ans, période du complexe d'Œdipe, toute la vie de l'enfant est imprégnée de sexualité infantile, de sensualité, de désirs incestueux. Au sortir de la phase œdipienne, pour grandir harmonieusement, l'enfant va refouler tous ces souvenirs, entachés d'interdit, qui seraient insupportables et culpabilisants. C'est ce que Freud a désigné sous le nom d'amnésie infantile, dont le rôle est de préserver l'équilibre psychique du sujet. De ses premières années, l'enfant conservera cependant des « souvenirs écrans », souvent insignifiants, parfois inventés : ceux-ci le protègent de l'essentiel, qui est refoulé et ne pourra être retrouvé qu'à la faveur d'un travail analytique.

Les familles apparaissent alors comme des fabriques à souvenirs, parmi lesquels l'enfant va faire le tri, afin d'inventer sa vie.

L'oubli est nécessaire : il tamise le passé et aide à évacuer ce qui est trop douloureux, nous évitant de le ressasser sans cesse. Mais le souvenir est tout aussi nécessaire, parce qu'il permet un arrimage dans le passé et témoigne d'une continuité d'existence. Parce que nous ne sommes pas de purs esprits mais des êtres de chair, nous avons besoin des objets incarnant une réalité qui n'est plus et témoignant de ce que nous fûmes, ou de ce que nous croyons avoir été.

Notre « coin du monde »

Quand je l'ai connue, Elisabeth avait 7 ans et était très angoissée. Il n'y avait guère que chez elle qu'elle se sentait en sécurité, dans l'appartement familial qui comportait, disait-elle, une cave et un grenier ayant à ses yeux une grande importance. Chaque fois qu'elle les évoquait, je rectifiais, rationnel : « Il n'existe pas de grenier dans les immeubles. Des caves, peut-être… » et chaque fois elle s'agaçait des doutes que j'émettais quant à la véracité de sa description : « Mais non, chez moi, il y a une cave et un grenier ! » La thérapie s'est terminée sans que j'aie pu percer ce mystère.

De longues années plus tard, le père d'Elisabeth m'invite à dîner, ce que j'accepte puisque je ne voyais plus sa fille depuis longtemps. Je me retiens tant que je peux, puis je lui demande si elle consent à me montrer sa cave et son grenier. Elle rit de voir que je me souviens de ce détail et me conduit dans sa chambre. D'un geste, elle me désigne un tiroir sous le lit – « Voici ma cave » – et le tire, découvrant des cahiers écornés, des petits mots déchirés, des chaussures dépareillées… Ensuite elle prend une boîte sur une étagère en hauteur – « Et ça, c'est mon grenier » – où elle avait glissé une branche de mimosa, souvenir de son premier amoureux au CP, et d'autres souvenirs précieux seulement pour elle. Avec beaucoup de sagesse, Elisabeth réussissait à abandonner les choses tout en les gardant.

La maison est un « grand berceau », notre « premier univers », notre « coin du monde », comme le dit si joliment Gaston Bachelard[1], qui proposait d'en faire une topoanalyse, étude psychologique des sites de notre vie intime. Dans la cave, « être obscur de la maison », souterraine, sombre, s'entassent les secrets, les choses que l'on cache en se disant qu'elles pourront peut-être

---

1. *La Poétique de l'espace*, PUF.

resservir un jour. On n'y descend jamais sans quelque appréhension, alors qu'on monte avec plaisir au grenier, à portée de ciel, là où l'on conserve les souvenirs glorieux, ceux des ancêtres comme les siens propres. La cave abrite les mystères, plus ou moins inquiétants, le grenier protège les trésors. Entre sa cave et son grenier, Elisabeth avait ainsi réparti les mauvais et les bons moments de sa vie.

Avec ses fondations indispensables, sa verticalité, son toit qui s'élève vers la lumière, la maison évoque alors la construction de soi. Entre la cave (les origines) et le grenier (les rêves et les aspirations) habite le sujet, le moi. La maison est un espace protégé où les pensées rebondissent sur les murs avant de revenir vers soi, créant un va-et-vient entre intériorité et extériorité. Entre les murs de sa maison, on est seul parfois, parfois avec d'autres. Mais on est toujours chez soi. Et, comme on habite sa maison, on doit pouvoir s'habiter soi.

Beaucoup d'entre nous gardent la nostalgie d'une maison d'enfance, souvent maison de vacances familiale, que l'on quittait chaque année à regret, comptant les jours jusqu'aux prochaines vacances qui sonneraient l'heure des retrouvailles avec ce qui était notre « coin du monde ». On crée avec certaines maisons et certains lieux des liens si forts qu'il peut sembler difficile de s'en détacher, comme si l'on redoutait de se détacher d'une partie de soi.

C'est une femme un peu triste, dépassée par son fils de 14 ans qui a levé la main sur elle. Elle l'a eu avec un homme marié qui avait promis de quitter sa famille pour vivre avec elle et leur enfant, mais qui n'a pas tenu parole. Elle est originaire d'Italie, et je connais la ville d'où elle vient, l'une des plus belles villes au monde. Elle y possède encore la maison où elle a passé toute son enfance et quelques lopins de terre. Elle l'a quittée peu après la naissance de son fils et dit n'y retourner jamais. Quand je lui suggère d'y aller malgré tout, ne serait-ce que pour permettre à son fils de savoir d'où il vient et peut-être de rencontrer son père, elle s'obstine : c'est au-dessus de ses forces, elle ne peut pas revoir sa ville ni, surtout, sa maison, vide à présent.

Cette si belle ville a perdu pour elle tout charme depuis la mort de son père, survenue quelques années auparavant, et elle ne supporterait pas de rester seule dans cette maison déserte. Comme si la ville et la maison étaient toutes deux hantées par le fantôme du père, et qu'elle craignait de retrouver des souvenirs qui le feraient revivre. Retourner sur ces lieux, ce serait retourner près de son père, avec son père presque – la mort d'un parent nous faisant toujours régresser, quel que soit l'âge auquel elle survient, il y a là une belle problématique œdipienne –, au risque d'annuler un peu plus l'homme avec qui elle a eu son fils. Là, elle a été heureuse, enfant, entre son père, sa mère et sa sœur, et elle ne veut pas y être malheureuse, seule avec son fils. Le bonheur de ces souvenirs d'enfance rendrait plus cruel encore ce qu'elle considère comme un échec, son incapacité à fonder à son tour une famille heureuse. Elle fuit des souvenirs qui la hantent, restant dans la nostalgie d'un passé qu'elle idéalise et refuse de revisiter. Elle ne peut ni vendre sa maison ni y habiter, ne serait-ce que le temps des vacances, parce que cette maison représente tous ses rêves d'enfance, rêves d'un avenir qui n'a pas tenu ses promesses.

La maison fait figure d'objet transitionnel contenant, où les souvenirs sont plus solides encore parce qu'ils y sont spatialisés et comme immobiles. Mais, comme tous les objets transitionnels, elle doit être un objet de réassurance, que l'on va pouvoir abandonner un jour, sans rejeter son passé pour autant. On en conservera le souvenir, on l'oubliera parfois, et quand on le retrouvera, on se laissera aller à la nostalgie et au plaisir de l'évocation. On n'est vraiment détaché de son passé que quand on peut le retrouver sans craindre de s'y laisser engloutir.

Quitter un lieu, une maison, c'est aussi pouvoir y revenir.

8. Se séparer de son enfance

L'adolescence est une période singulière de rupture avec son passé, son enfance et ses parents. Mais la vulnérabilité propre à cet âge vient exacerber les fragilités préexistantes et réactive toutes les séparations antérieures. Pourtant, l'adolescent doit absolument se détacher de ses parents pour se conquérir et parvenir à reconnaître ses désirs propres. L'attachement au premier objet d'amour se transforme pour laisser la place à de nouveaux investissements affectifs et amoureux.

L'art de la fugue

Depuis l'âge de 12 ans, Sarah fugue régulièrement. Des fugues de quelques mois, durant lesquelles elle vit toutes sortes d'expériences difficiles : une fois séquestrée, une autre fois violée, ou battue, dépouillée de ses vêtements, interpellée... A chaque fugue, elle se met en danger et y laisse une partie d'elle-même. Mais Sarah finit toujours par revenir dans la maison familiale, racontant ses histoires sans exprimer de douleur ni de regrets particuliers.

Je rencontre d'abord ses parents, qui n'en peuvent plus. La mère, effondrée, craint pour sa fille et ne supporte plus les semaines d'inquiétude à se demander où elle peut être et quel danger elle court encore. Le père me presse la main, comme s'il pouvait, à travers moi, s'assurer de la présence de sa fille, et il répète d'un air triste : « Gentil, gentil », sans que je sache si c'est à moi qu'il s'adresse, à lui-même pour se réconforter, ou peut-être à sa fille, pour la calmer, la convaincre de rester tranquille.

Dans un premier temps, je ne peux rien faire pour eux, sinon leur promettre que je suis prêt à recevoir leur fille dès qu'elle sera là. Puis Sarah arrive un jour en consultation. Elle décrit des moments de perte de soi, durant lesquels elle ne peut pas résister : elle doit partir, c'est plus fort qu'elle. Elle est, certes, à cet âge de l'adolescence où l'on doit se séparer de ses parents, mais chez elle la séparation n'est même pas mentalisée, elle est physique, répond à un besoin de mise à distance réelle et non plus symbolique. Plus étrange encore, cette séparation irrésistible ne lui apporte aucun plaisir particulier ; elle souffre de la faim, du froid, de la dureté de son existence erratique, mais elle repart à chaque fois, mue par un besoin impérieux.

Je propose de l'hospitaliser, pour effectuer un bilan complet autant que pour la retenir un peu et peut-être l'empêcher de repartir. Les différents tests et examens ne révèlent aucun trouble de la personnalité ; on ne parvient pas à établir de diagnostic psychiatrique. Sarah n'a besoin ni de médicaments ni d'hospitalisation. Afin de la séparer de ses parents qu'elle fuit de toute façon, je suggère qu'elle soit placée dans un foyer. Parallèlement, elle entame une psychothérapie… mais fugue à nouveau, avant de revenir une fois encore. Peu à peu, sans que l'on comprenne très bien pourquoi, son besoin de fuir s'estompe et le voyage remplace la fugue. Plutôt que d'aller n'importe où, elle décide de partir quelque part, même si ces voyages continuent de répondre à une impulsion qu'elle n'explique pas. A ses retours, elle parle de l'Italie, de la Grèce quand, auparavant, elle racontait les bars, les caves, la rue, les gares… Les pays se substituent aux lieux, sa fugue devient touristique, presque organisée.

Un jour où je dois aller faire un cours sur les fugues à l'adolescence, je lui propose de m'accompagner à la faculté de médecine et la présente comme une spécialiste du sujet abordé. Lorsqu'un étudiant lui demande pourquoi elle éprouve ainsi le besoin de partir, elle a cette réponse magnifique : « Dans la fugue, ce qui est difficile, ce n'est pas de partir, c'est de revenir. » Ce n'étaient pas la rupture et la séparation qui étaient difficiles pour elle, mais les retrouvailles, le retour à une routine qui l'étouffait.

Dans cette histoire, je n'ai pas soigné Sarah, mon rôle s'est limité à tenir bon. D'abord avec les parents : j'étais le référent de leur malheur, le dépositaire de leurs craintes devant les absences de leur fille et les dangers auxquels elle s'exposait. Ensuite avec Sarah, partageant avec elle le mystère de son dysfonctionnement. Lorsqu'elle fuguait, il lui arrivait de m'appeler pour me prévenir de son départ, mais le temps que je lui demande où elle était et où elle allait, elle avait déjà raccroché. Elle avait seulement besoin de partager avec moi ce secret qui la dépassait.

Aujourd'hui mère de famille sans histoires, gondolière dans un supermarché, Sarah m'a confié un jour : « Finalement, je n'ai jamais rien trouvé en partant. » Que cherchait-elle ? Elle l'ignore encore, tout comme moi, d'ailleurs. La nécessité de fuguer qui s'imposait à elle ressemble à un comportement addictif : l'adolescente passait à l'acte, mue par sa seule impulsivité et un besoin viscéral de rupture non mentalisé. Chaque fois qu'elle partait, elle allait bien, croyant remettre les compteurs de sa vie à zéro, mais chaque fois elle revenait déçue de n'avoir pas trouvé ce qu'elle cherchait et qui toujours se dérobait à elle. Sarah était une adolescente en cavale, ignorant ce qu'elle fuyait. Sans doute se séparait-elle du présent, de son incapacité à le vivre, essayant d'en recréer un autre, ailleurs.

L'adolescent vit dans un éternel présent. Enfant, il disait volontiers : « Quand je serai grand. » Désormais, il ne le dit plus, semble oublier que le futur existe. Il est en rupture de passé mais aussi en rupture d'avenir, ce qui explique sans doute sa grande fragilité. Il passe par un stade de présentification permanente, d'immédiateté : il peut tout faire en même temps – les écouteurs de l'i-pod sur les oreilles, il surfe sur internet tout en jetant un coup d'œil sur son bouquin d'histoire et en engueulant son petit frère qui vient lui piquer une BD. Il veut tout, tout de suite, et répète sans cesse les mêmes gestes, les mêmes attitudes, les mêmes mots, parce que ce recommencement perpétuel le remet dans le présent et lui permet de marquer son territoire, afin de s'assurer de son existence.

Ce qui caractérise l'adolescent, c'est son refus d'être encore petit. Cet « être petit » comporte une relation de confiance et d'idéalisation des parents qui n'est plus possible parce qu'elle n'est plus conforme à son présent. Voilà pourquoi l'adolescent ne peut que se séparer de ses parents : leur présence évoque un passé qu'il veut oublier. Les parents sont même un passé vivant, envahissant, un passé vieillissant dont l'adolescent ne veut plus, puisqu'il ne veut plus rester le bébé qu'il était. Il ne fonctionne plus sur la pensée magique qui consiste à croire que les parents sont parfaits et éternels et que lui les comble. L'adolescent comprend qu'il n'est pas l'enfant dont ses parents ont rêvé, pas plus qu'ils ne sont les parents qu'il a rêvés. C'est en partie cette double désillusion qu'il exprime par son comportement de provocation et de rébellion.

A quoi se résume le rôle des parents lors de l'adolescence de leurs enfants ? A « survivre », comme le recommandait Winnicott. A résister sans se sentir toujours attaqués, à considérer la rébellion nécessaire de leur enfant non comme une marque de désamour, mais comme un besoin vital de prendre du champ. Plus que jamais, les parents doivent savoir se faire discrets. Présents mais discrets. Respecter les silences de l'adolescent, ne pas lui demander de parler toujours, de se raconter sans cesse, parce qu'il a besoin de construire sa vie et sa pensée sans eux. Supporter que l'adolescent oublie son passé et n'ait pas encore d'avenir. Et ne rien faire pour essayer de réduire la distance qu'il instaure. Il faut qu'il se distingue, se démarque, par tous les moyens. S'il s'invente un langage, ce n'est pas seulement pour se rendre incompréhensible, mais surtout pour couper avec sa langue maternelle. S'il porte des tenues extravagantes, c'est pour se montrer différent des adultes en général, et de ses parents en particulier. On imagine alors les ravages du jeunisme, dont beaucoup d'adultes paraissent atteints et qui entend gommer les différences de générations pourtant essentielles. Plus l'adulte tente de ressembler à un adolescent, en adoptant ses tenues et son langage, plus l'adolescent aura besoin de se démarquer de lui et d'en rajouter dans la singularité et la provocation – pour lui, c'est une nécessité absolue. L'adolescent rejette ses parents en même temps qu'il les cherche – ce qu'il traduit en maugréant : « Arrête de me chercher ! » – et il doit pouvoir les trouver, mais à leur place de parents.

Quand sort-on de l'adolescence ? Quand le présent permanent, l'instantanéité commencent à laisser des traces, jusqu'à devenir un passé proche qui nous appartienne en propre, alors que le passé de l'enfance appartient aux parents. Parce qu'on a des souvenirs, on peut alors se séparer de son adolescence et se tourner de nouveau vers l'avenir. Devenir grand, c'est avoir moins peur de demain. Quand on est enfant, on a peur de la nouveauté, on a besoin d'habitudes, de rituels, de répétitions – toutes choses qui rassurent. Puis, à l'adolescence, on a peur de l'avenir comme de quelque chose de non maîtrisable. Or l'adolescent veut tout maîtriser : son corps, son look, sa pensée, ses relations… C'est lorsqu'il renonce à cette maîtrise permanente qu'il peut envisager l'avenir sans vivre dans la crainte permanente de cette part d'inconnu que celui-ci réserve toujours et dont on n'est pas maître.

La fugue exprime une volonté de perte, elle est comme une amputation de son passé, de son origine. Que deviennent ceux et celles qui disparaissent chaque année et ne sont pas retrouvés, qui sortent chercher des allumettes et ne reviennent jamais ? Il faut imaginer que certains sont psychiquement malades et errent sans but pour fuir un peu plus une réalité qui déjà leur échappe. D'autres s'en vont sûrement dans l'espoir de réussir ailleurs ce qu'ils croient avoir échoué jusque-là. Si on les retrouvait, sans doute serait-on surpris de constater que beaucoup ont recréé ce qu'ils avaient quitté et qui les a rattrapés malgré eux. Existe-t-il des fugues réussies ? Les départs intempestifs qui obéissent à une impulsion irraisonnée condamnent sans doute à la déception parce qu'on ne se sépare jamais de soi-même.

Pourtant, il est d'autres fugues, qui sont autant de conquêtes. Lorsqu'ils se laissent aller à la rêverie qui les protège du monde, lorsqu'ils flânent sur le chemin des écoliers et en changent le parcours balisé par les parents, lorsqu'ils rentrent deux heures plus tard que la permission accordée, tous les enfants et adolescents sont des fugueurs occasionnels, qui s'offrent des échappées belles, des morceaux de liberté durant lesquels ils s'affranchissent de la contrainte pour le plaisir de faire ce qu'ils veulent et de se croire les maîtres de leur existence. Ces fugues-là sont un signe de bonne santé psychique puisqu'elles expriment un légitime désir d'autonomie.

Les amis et les amours

C'est une jeune adolescente plutôt disgracieuse. Aussi disgracieuse que sa maman est jolie. La mère, divorcée, me dit : « La nuit, elle dort contre moi, elle se colle, et je n'arrive plus à le supporter, elle est trop grande, je n'en peux plus. » Cela dure depuis qu'elle s'est séparée de son mari. Elle a une autre fille, qui ne pose pas de problèmes, mais avec Sandrine tout est compliqué. L'adolescente souffre d'un énorme trouble de l'image de soi, se trouve laide, a peu d'amis et s'accroche à sa mère, sans que cela semble l'apaiser pour autant. Sur les murs de sa chambre elle a affiché des photos de stars, mais, curieusement, elle n'est pas très moderne dans ses choix, adorant des vedettes du passé qui auraient pu être celles que sa mère, voire sa grand-mère aimaient au même âge.

Tous les adolescents ont des idoles qui sont autant de modèles identificatoires et vont les aider à se construire tout en prenant du champ par rapport aux modèles parentaux. Pour Sandrine, ces idoles sont une façon de s'identifier encore à sa mère, icône à laquelle elle demande d'être jolie à sa place comme si, à travers elle, elle allait enfin s'accepter et commencer à vivre. Mais, par son choix nostalgique, Sandrine reste enchaînée dans un passé qui ne lui appartient pas et l'empêche d'avancer.

Elle réussit néanmoins à se prendre d'affection pour une fille qui devient vite sa meilleure amie, même si leurs relations sont compliquées. Exclusive et autoritaire, Sandrine ne supporte pas que son amie ait d'autres copains et copines, et, au lycée, elle lui reproche de parler ou de sourire à autrui. Chaque fois qu'elle ne se sent pas l'unique objet de son attention, elle lui fait une scène. C'est à la suite d'une de ces disputes que l'amie, lassée, va s'éloigner définitivement : Sandrine s'était montrée jalouse qu'elle parte quinze jours en vacances avec ses parents sans l'emmener. Quelque temps après ce qu'il faut bien appeler une rupture, Sandrine se suicidera, incapable de survivre à la perte de cette meilleure amie et de ce qu'elle représentait pour elle.

L'adolescent traverse une période d'incertitudes, d'interrogations et de doutes, doutes sur lui-même en tout premier lieu. Il est à la recherche d'une image de soi satisfaisante, susceptible de lui apporter un soutien narcissique. Cette image, il la trouve dans le personnage, central à cet âge, du meilleur ami ou de la meilleure amie, quelqu'un sur qui il projette l'ensemble des qualités imaginaires et idéales qu'il voudrait posséder. C'est pourquoi le meilleur ami n'a jamais de défauts, c'est un être parfait qui nous trouve parfait en retour puisque lui aussi projette sur nous toutes les qualités dont il se voudrait doté. « Parce que c'était lui, parce que c'était moi », disait Montaigne à propos de son ami La Boétie, et la phrase résonne ici d'une autre signification : lui, c'est moi, moi comme je m'imagine que je pourrais être. Le véritable meilleur ami, en fin de compte, c'est soi-même, l'autre n'étant qu'un substitut, un squelette que l'on anime et habille de ses idées, de ses désirs de conquête, de son audace et de son imaginaire.

Puisqu'on ne se sépare pas de soi, les meilleurs amis de l'adolescence sont comme des inséparables, ces oiseaux que l'on ne peut élever qu'en couple. A la sortie du collège, le premier raccompagne le second jusque chez lui, puis, comme ils n'ont pas envie de se quitter, le second décide à son tour de raccompagner le premier jusque chez lui, et ainsi de suite… jusqu'à ce que l'un reste chez l'autre un moment ou même y passe la soirée. A peine se sont-ils séparés qu'ils se téléphonent, pour le plaisir de s'entendre mais aussi parce qu'ils sont tous deux dans cet âge de présentification permanente et ont besoin de se dire les choses au moment où ils les vivent et les ressentent, avant de les oublier. Il y a une intensité quasi amoureuse dans la relation de deux meilleurs amis à l'adolescence : ils ont sans cesse besoin de se voir, de se parler, de faire des choses ensemble, de partager leurs pensées et leurs rêves.

Parce qu'il apparaît comme un instrument de conquête de soi, le meilleur ami fait aussi office de tiers séparateur vis-à-vis des parents. De façon un peu paradoxale, l'adolescent se détache de sa famille et, dans le même temps, s'attache à celle de son meilleur ami, qui devient famille de comparaison et de référence, en bien comme en mal, signe qu'il a malgré tout besoin d'une famille.

Le meilleur ami fonctionne comme un révélateur des qualités qui sont propres à l'adolescent. Une fois que l'on est assez construit, assez sûr de soi et de ses qualités, une fois aussi que l'on est en mesure de se reconnaître quelques défauts, on devrait abandonner son meilleur ami pour la bonne raison que l'on n'en a plus besoin.

Certains gardent le même toute leur existence, comme une relation choisie avec un frère « de cœur » qui n'aurait pas été imposé par le biologique. Mais je crois que, dans l'idéal, il faudrait que la vie sépare à un moment les meilleurs amis afin qu'ils ne s'aperçoivent jamais de la supercherie qu'ils représentaient l'un pour l'autre et continuent à croire que ce qu'ils s'étaient imaginé était vrai.

Peut-être ce sentiment de perte est-il en partie irrémédiable. Toute leur vie durant, certains auront des meilleurs amis successifs, à travers lesquels ils rechercheront probablement cette incroyable complicité qui les unissait à leur ami de jeunesse. Y parviennent-ils ? Les amis d'adolescence sont un pari sur un futur que l'on croit glorieux et qui ne le sera pas toujours, l'espoir d'une existence que l'on rêve idéale et héroïque. Mais on rêve moins quand on grandit, c'est pourquoi on ne peut pas connaître la même intensité plus tard ; le meilleur ami a alors moins de raison d'être. Est-ce pour cela qu'en fin de vie on a tant de mal à nouer des liens ? L'avenir se réduisant, il offre moins de perspectives et de rêves de grandeur, et l'image de soi n'est plus assez forte pour être projetée sur un autre.

Pour avoir un meilleur ami, encore faut-il posséder une dose de narcissisme suffisante, s'aimer assez pour projeter sur l'autre les qualités que l'on se prête à soi-même. Aussi l'absence de meilleur ami à l'adolescence traduit-elle un trouble de l'estime de soi. Faute de pouvoir projeter sur son amie, Sandrine s'est accrochée à elle comme elle s'accrochait à sa mère, pour tenter de vivre à travers elle ; c'est pour cela qu'elle n'a pas supporté la fin de ce qui était pour elle une histoire d'amour exclusive. Pourquoi cette incapacité à survivre à la rupture ? Incapable de conquérir une image de soi satisfaisante, Sandrine ne pouvait vivre qu'en rêvant cette image à travers son amie. Lorsque celle-ci s'est éloignée, Sandrine s'est sentie totalement abandonnée, elle a vécu la perte de la relation comme une perte de soi et, puisqu'elle se perdait, sa vie était perdue. Ce qui montre combien il est difficile d'aimer autrui si l'on ne s'aime pas soi-même, difficile et risqué car la rupture prend alors des allures de démolition d'une image floue et incertaine.

La jalousie dont Sandrine faisait preuve à l'égard de son amie traduisait déjà son impossibilité à se conquérir. Bien sûr, ce sentiment est presque indissociable du sentiment amoureux, puisqu'il sert à mettre en scène une séparation que l'on redoute. La jalousie existe à des degrés divers mais, au fond de nous-mêmes, nous éprouvons tous un élan de sympathie pour Othello tuant Desdémone, son épouse, parce qu'il est persuadé qu'elle le trompe. Dans sa crainte que rien ne peut raisonner, nous reconnaissons une partie de la nôtre, et nous nous identifions à lui. On devient – on naît ? – jaloux, parce que, à un moment donné, on fait confiance à un autre pour qu'il devienne une partie de nous, nous permettant de nous sentir enfin complets. Si l'autre dévie, s'écarte de ce rêve de fusion, le jaloux perd pied, comme Othello. Etre jaloux, c'est croire que l'on est incomplet sans l'autre. A ce titre, la jalousie n'est rien d'autre qu'un splendide mécanisme de défense – mécanisme névrotique réussi – d'un trouble de la confiance en soi. Abandonnée par son amie, Sandrine n'avait plus de raison d'être jalouse puisque, sans l'autre, elle n'avait plus le sentiment de sa propre existence.

Premier amour, premier chagrin d'amour

Alors qu'elle traversait une phase dépressive, marquée par de nombreuses scarifications, Anaïs, 16 ans, a été hospitalisée durant trois semaines, un laps de temps qui a suffi à chasser ses idées noires. Ses parents viennent me consulter avec elle, inquiets quant à une éventuelle rechute, tout en reconnaissant que, depuis la sortie de l'hôpital, le mieux-être de leur fille est évident. Avec mon optimisme naturel, je leur dis que si elle a guéri aussi vite, c'est qu'elle ne souffrait pas de dépression ou d'une pathologie psychique grave, ce que je pense sincèrement.

Anaïs est une enfant très désirée. Ses parents ont eu beaucoup de difficultés à l'avoir – quand elle est née, son père avait 51 ans et sa mère 47 –, ce qui fait qu'elle représente pour eux un véritable miracle. A leurs yeux, elle est l'incarnation même d'une enfant idéale, toujours parfaite, et ils la considèrent comme la huitième merveille du monde.

Peut-on souffrir de trop d'amour ? Cela pourrait être le cas d'Anaïs, objet d'attente et de désir excessifs. Elle étouffe de toujours devoir se conformer à ce rêve

d'enfant que ses parents poursuivent, faisant peser sur
ses épaules une pression dont ils n'ont pas conscience,
projetant sur elle des qualités imaginaires et mécon-
naissant les qualités réelles de leur fille. Celle-ci rêve
d'autonomie et de liberté, mais elle craint, en s'affirmant ou en s'opposant, de causer trop de chagrin à des
parents aussi aimants.

De cet amour sans bornes autant qu'aveugle, Anaïs
tire bien sûr quelques bénéfices, parmi lesquels une
image de soi un peu exacerbée. Cela engendre chez
elle une certaine tendance à la mégalomanie et à l'au-
tosuffisance, qui, hors de la famille, ne produit pas le
même effet. La réalité du social et de l'environnement
lui renvoie une image moins parfaite que l'idéalisation
parentale, et ce décalage entraîne pour elle des difficultés à se situer. Les copains d'école ou du cours de
théâtre – activité qu'elle adore parce qu'il y est question d'image, justement – au mieux la considèrent
comme une adolescente semblable aux autres, au pire
lui reprochent ses airs de supériorité et de princesse
offensée dès lors qu'elle ne se sent pas le centre du
monde, objet de toutes les attentions. Le trop étant
l'ennemi du bien, son image de soi devient floue puisqu'elle n'est pas la sienne.

Dans cette famille, tout le monde est dépendant :
Anaïs dépend de ses parents pour qu'ils lui assurent
une image de soi satisfaisante ; ils dépendent d'elle
car ils reportent sur elle trop de désirs, d'autant plus
qu'elle est enfant unique.

Tout le travail d'Anaïs consiste donc à conquérir
une image de soi qui lui appartienne et ne soit pas celle

que lui tendent ses parents, afin de pouvoir affirmer ses propres désirs. C'est comme cela qu'elle pourra rencontrer l'amoureux dont elle rêve et qu'elle désespère de ne pas trouver.

Inconsciemment sans doute, Anaïs pressent que seule une histoire d'amour lui permettra de se détacher de ses parents, en douceur et en toute affection. En effet, une première vraie histoire d'amour – il n'est pas question ici de flirt – représente une étape capitale dans la vie de l'adolescent. Elle intervient le plus fréquemment entre 15 et 18 ans et dure en moyenne de un à trois ans. Elle débute souvent par un coup de foudre, qui tranche singulièrement avec la chronicité de l'affection familiale. Soudain, plus personne ne compte que cet autre vers lequel tout nous porte ; plus rien ne nous intéresse que de savoir ce qu'il fait, ce qu'il pense. Comme le meilleur ami, l'amoureux (l'amoureuse aussi, bien sûr) est quelqu'un qui nous ressemble et à qui l'on prête les qualités dont on rêve pour soi. Il est un miroir, en somme, et la relation exaltée qui unit les jeunes amoureux est souvent une relation égocentrée en ce sens qu'elle sert à la construction de soi, ce qui ne retire rien à son intensité. Sous couvert de conquérir l'autre, on se conquiert soi.

Mais, plus encore que le premier amour, ce qui compte c'est le premier chagrin d'amour. La rupture est souvent vécue comme une perte de soi, ou d'un idéal de soi, et l'on se retrouve seul quand on croyait n'exister qu'à travers l'autre – son meilleur ami, puis son amoureux. « S'il m'aimait, c'est que j'étais aimable. Mais s'il ne m'aime plus, suis-je aimable malgré tout ? » Le travail du deuil passe toujours par une phase de dépression et de perte d'estime de soi. Maintenant que l'autre n'est plus là pour masquer les fragilités, il va falloir apprendre à vivre par soi-même.

Parce qu'elle représente le ticket d'entrée dans l'âge adulte, la première histoire d'amour reste inoubliable, unique. D'autres suivront, qui viendront peut-être tenter de colmater cette première rupture. Seront-elles moins égocentrées ? Rien n'est moins sûr, parce que l'on rêve toujours de s'attacher un autre pour se sentir complet. Comme si l'on gardait au fond de soi, indélébile, le souvenir de la fusion première, sorte de paradis originel, et que l'on rêvait de retrouver un être qui, pareil au premier objet d'amour, nous comprenne et nous complète assez pour nous donner le sentiment d'exister.

Ces parents qu'on abandonne

Je reçois Cyril, 16 ans, en état de cataclysme psychologique. Le visage à moitié dissimulé sous une casquette, il se tient complètement replié sur lui-même, marmonne, tremble. A ses poignets, on aperçoit des traces de scarifications. Il est tellement mal que nous décidons de l'hospitaliser en urgence. Alors que son état s'améliore de façon assez spectaculaire, sa mère, elle, semble plonger et menace de se suicider si son fils reste plus longtemps à l'hôpital.

Les parents de Cyril se sont séparés quand il avait à peine 1 an. La mère n'a jamais supporté cette séparation, s'est repliée sur son fils dont elle a fait le centre de sa vie : elle dormait avec lui, ne sortait pas sans lui, supportant mal qu'il ait d'autres centres d'intérêt, qu'il aille chez son père, voie des amis… Parvenu à l'adolescence, Cyril ne réussit même plus à se révolter et à envoyer balader sa mère. Il subit la situation, va de plus en plus mal, abandonne peu à peu le collège… Plus il va mal, plus sa mère pense qu'il a besoin d'elle, plus elle le colle, l'étouffe. Elle évoque une amoureuse apeurée à l'idée d'une séparation qui la priverait d'une partie d'elle-même et de sa raison d'être.

Quand guérit-on d'un chagrin d'amour ? Quand on rencontre quelqu'un d'autre, un nouvel objet d'investissement, une idéalisation nouvelle, un lien nouveau, même s'il est accessoire. C'est le seul moyen de s'en sortir, de passer à autre chose, d'apprivoiser la rupture. Cette femme, qui n'a jamais refait sa vie, n'a même jamais eu d'aventures passagères, a fait de son fils son seul objet d'investissement, reportant sur lui tout son chagrin, son désarroi, son besoin d'amour. Elle vit avec lui dans une forme outrée de fusion qui montre bien que, si l'on ne réussit pas à se séparer, on va mal.

Après quelques semaines d'hospitalisation, Cyril semble avoir compris qu'il peut aller mieux loin de sa mère. Quand je lui dis : « A ta sortie, il va falloir que tu continues à aller bien, que tu t'écartes de ta mère, mais sans qu'elle se sente abandonnée », il répond, comme s'il avait déjà pensé à tout : « Je crois que je vais aller vivre chez mon oncle. Comme ça, je pourrai voir mes deux parents quand j'en aurai envie… »

Les scarifications constituent un phénomène assez nouveau, presque à la mode chez les adolescents, et qui présente un aspect quasi épidémique. Comme si les adolescents d'aujourd'hui avaient besoin de se faire mal parce que leur vie est trop facile et que leurs parents sont trop bien avec eux. Ils semblent rechercher la douleur pour se conquérir, s'affirmer et comprendre leur corps qui se transforme et qu'ils essaient de s'approprier, par des scarifications mais aussi par des tatouages ou des piercings. Cependant, alors qu'un tatouage ou un piercing isolé expriment une simple envie de se conformer à un groupe de pairs avec lesquels on partage des signes de reconnaissance, les scarifications, elles, traduisent toujours un mal-être assez profond. Elles ont ceci de particulier qu'elles forment d'abord des plaies suintantes avant de devenir cicatrices, symbolisant alors la mue : l'ancienne peau est arrachée, pour mieux laisser place à une peau neuve, lisse, une peau nouvelle qui abrite un corps nouveau.

Pendant un temps, la scarification crée une armure putride entre soi et l'autre, que l'on veut ainsi maintenir à distance. L'autre, c'est l'amoureux ou l'amoureuse potentiel(le) que l'on espère rencontrer mais que l'on redoute tout autant. Sous cet angle, la scarification pourrait exprimer un trouble de la sexualité : la coupure vient remplacer la caresse, l'adolescent rendant son corps dérangeant pour éviter trop de proximité avec l'autre. Mais l'autre, ce sont aussi les parents, ces parents dont il faut absolument se détacher. La distance est d'abord physique, afin de se protéger des désirs incestueux réactualisés du fait de la puberté, l'accès à la sexualité agie rendant désormais possible un passage à l'acte. C'est aussi dans ce but inconscient que l'adolescent est volontiers sale et hirsute, pour être sûr de ne pas plaire à ses parents. La distance physique précède la distance psychique et affective, plus longue à trouver.

Se couper soi, à défaut de réussir à couper un lien pour se séparer et grandir : la scarification parle d'elle-même. Elle signe une défaite, une difficulté, voire une impossibilité de se séparer. C'est un succédané de sépa-ration, symbolique, un appel lancé par l'adolescent à ses parents : « Aidez-moi à me séparer. »

C'est parce qu'il ne parvient pas à s'éloigner d'eux qu'il ne peut pas entrer en relation avec un autre, la sca-rification venant exprimer une double impossibilité, celle de desserrer le lien initial et de créer de nouveaux liens. Plus qu'en une rupture, le travail psychique de l'adolescence consiste davantage en un réaména-gement de l'attachement au(x) premier(s) objet(s) d'amour, attachement qui doit être distancié pour lui permettre de nouveaux investissements. Cyril était dans l'impossibilité d'y parvenir, du fait de l'attitude de sa mère qui exacerbait sa vulnérabilité.

Il est déjà difficile de se séparer de ses parents, mais quand il faut se séparer d'un parent seul, les choses se compliquent singulièrement. Comment un adolescent peut-il quitter une mère qui lui a consacré toute sa vie et qui, sans lui, va se retrouver seule ? Pour pouvoir vivre, il va devoir entrer dans ce qui ressemble à un processus d'abandon, et cet abandon filial est source de culpabilité.

Si la mère a des relations amoureuses, la situation est différente, toutefois, dans le même temps, l'adolescent peut légitimement penser que, dans sa vie à elle, il est le seul à compter dans la durée. En somme, c'est la chronicité de la relation amoureuse qui se joue là : Qui a été le premier dans l'affection de la mère ? Qui a résisté à tous les changements ? Qui est l'homme stable ? Le garçon se sent définitivement unique pour sa mère. Et cela représente pour lui une difficulté supplémentaire. Quand on est tellement important pour quelqu'un, comment l'abandonner ? Même si la mère a une vie par ailleurs, même si elle prétend que cela ne lui pose pas de problème de voir son fils s'éloigner, pour l'adolescent cela pose problème malgré tout. Dans le fond, le seul à qui la mère soit restée fidèle, et le seul qui jusqu'à présent lui ait été fidèle, c'est lui, son fils. Qu'on le veuille ou non, la monoparentalité entraîne toujours une relation symbiotique avec l'enfant, surtout lorsqu'il est unique. Il ne suffit pas pour une mère de dire : « Il y a mon fils et il y a ma vie » pour balayer cette relation si forte. Parce que ce fils, c'est aussi sa vie, du moins une partie importante de sa vie. Importante dans quelle mesure ? dans quel pourcentage ? Dans tous les cas, c'est un pourcentage stable, fixe, quand le reste peut fluctuer.

Pour les filles, les choses sont sensiblement différentes, ce qui ne signifie pas qu'elles soient plus simples. Elles doivent, elles aussi, abandonner une mère avec laquelle elles ont souvent une identification très forte. Néanmoins, pour cette mère, la fille représente également une nouvelle chance de réussir une histoire d'amour, un peu par procuration. Le garçon, lui, reste souvent considéré, même inconsciemment, comme un unique amour – à tout le moins le plus fort et le plus durable.

Quelques jours après que j'ai reçu Cyril et sa mère, une femme vient me voir avec sa fille, atteinte de dépression aiguë. Elle me dit qu'elle ne peut plus la garder avec elle, qu'elle ne peut pas tout pour elle ; elle comprend que sa fille a besoin d'être hospitalisée et de recevoir des soins spécifiques. Hasard de la vie, enfant, cette femme a été abandonnée et recueillie à Saint-Vincent-de-Paul, et c'est dans ce même hôpital qu'elle conduit sa fille aujourd'hui. Que peut-elle ressentir ? Elle n'en livre rien, se contentant de souligner qu'elle n'y arrive pas toute seule et n'en peut plus. Alors qu'elle aurait toutes les raisons de s'agripper, elle réussit à se détacher. Avec beaucoup d'humilité, elle accepte et respecte la pathologie de sa fille : elle a du mal à comprendre que son soutien ne lui serve pas, quand elle-même n'a jamais eu de soutien maternel et aurait tant aimé en avoir ; elle renonce à être cette mère parfaite qu'elle imaginait, pour donner à sa fille une chance de guérir.

Alors que Cyril est victime de la pathologie de sa mère, de son incapacité à surmonter son chagrin d'amour, cette femme est victime de la maladie de sa fille, qui vient relancer de façon douloureuse la question de ses origines, de son abandon, de son enfance chaotique. Si cette question n'est pas la cause des problèmes de la fille, la pathologie dépressive de celle-ci vient pourtant faire naître une culpabilité chez la mère, qui se demande si ce qu'elle a vécu n'a pas pesé sur les relations avec son enfant. En venant réclamer de l'aide et du soutien, elle montre pourtant qu'elle sait dépasser sa propre fragilité.

Quand la dépendance détruit

Alexandre, adolescent de 17 ans, est le dernier d'une fratrie de trois enfants, et sans doute le moins en adéquation avec les attentes parentales, paternelles essentiellement. Le père, qui occupe un poste important dans la haute finance, est un homme brillant et exigeant, volontiers cassant dès lors qu'on ne lui donne pas la satisfaction qu'il attend et que l'on s'écarte de son modèle de vie. La réussite intellectuelle et sociale étant à ses yeux primordiale, il a toujours mal supporté ce fils rêveur et indécis qui échouait dans sa scolarité et se montrait indifférent à toute idée de carrière.

Depuis quelques mois, Alexandre est toxicomane à l'héroïne, faisant tout son possible à la fois pour se démolir et pour exister aux yeux de ce père, aussi inaccessible qu'inégalable en termes de réussite. A défaut de pouvoir se mesurer à lui dans la réussite, Alexandre s'efforce d'y parvenir dans l'échec.

Il fait vivre à ses parents un véritable enfer, les volant, les maltraitant, les menaçant. Sa mère, délaissée par son mari, est avec son fils dans une relation rapprochée, presque incestueuse, et elle supporte ses agissements avec patience et amour. De manière un peu étrange, le père va se montrer complice d'Alexandre, allant jusqu'à lui donner de l'argent pour qu'il puisse se procurer ses doses, comme s'il comprenait inconsciemment que, d'une façon ou d'une autre, il devait payer pour avoir été un père distant. Mais, ce faisant, il semble aussi se débarrasser du problème, réduisant la relation paternelle à une relation matérielle qui le dispense de se montrer disponible et affectueux.

L'addiction est toujours le signe d'une insécurité interne. Celle-ci a sans doute ses racines dans la petite enfance, mais elle est réactualisée à l'adolescence et prend alors une forme plus dramatique. Pour tenter d'apaiser son sentiment d'insécurité, l'adolescent a recours à un produit ou à un comportement répétitif – c'était le cas de Sarah et de ses fugues à répétition. S'il en devient dépendant, c'est parce que l'apaisement qu'ils lui procurent est toujours de courte durée et qu'il doit sans cesse reprendre du produit ou recommencer son comportement, entrant dans une spirale dont il aura toutes les difficultés à sortir.

Pour Alexandre, l'héroïne est un moyen de se singulariser de son père, de refuser le modèle qu'il lui propose, ce qui pourrait être interprété comme une revendication d'indépendance : « Tu n'as pas à me dicter ma conduite, je fais ce que je veux de ma vie. » En réalité, il montre par là une incapacité à se séparer et renforce le lien avec sa famille : ses parents se soucient de lui, supportent son agressivité et ses menaces, parce qu'ils se sentent en partie coupables d'avoir échoué avec ce troisième fils et qu'ils espèrent, par leur compréhension et leur patience, l'aider à s'en sortir. Espoir d'autant plus vif qu'Alexandre, entre deux crises d'agressivité et de chantage, promet qu'il va guérir, encourageant ainsi ses parents à tenir bon et à ne pas le lâcher.

Plus il se sent en insécurité, plus il a besoin de ses parents, plus il s'en veut de cette dépendance qu'il renforce pourtant par sa toxicomanie. On voit alors que la dépendance est double : dépendance au produit et dépendance aux parents et à la famille, et, dans les deux cas, le lien est toxique. C'est un lien qui emprisonne et accroche, comme le dit si bien l'expression « être accro ».

Alexandre, lui, n'a jamais réussi à décrocher. Il a pourtant fini par quitter ses parents, à 23 ans, lorsqu'il a rencontré une jeune fille avec laquelle il s'est installé. Ensemble, ils ont eu une petite fille, et l'on a cru que cette paternité allait mettre un terme à sa toxicomanie. Mais, quelques jours après la naissance, il s'est suicidé. Rien ni personne ne pouvait lui redonner la confiance en soi qui lui faisait si cruellement défaut et c'est comme s'il avait pressenti que, compte tenu de ses difficultés, il ne pourrait pas créer de lien autre que toxique et pathologique avec cette enfant. On peut penser qu'en se suicidant il cherchait à la protéger du mauvais père qu'il croyait être, le suicide apparaissant à la fois comme un acte ultime de son non-amour pour lui-même et un unique acte d'amour envers sa fille qu'il ne verrait pas grandir.

Ce suicide peut aussi être pris comme un acte de lucidité de la part d'un être qui se reconnaît malade et considère que sa maladie est incurable, le rendant dangereux pour les autres autant que pour lui-même. A défaut de pouvoir se séparer des autres et de l'héroïne, dont il est dépendant pour vivre, il se sépare de lui-même, de ses tourments incessants que la drogue n'apaise plus, de son incapacité à vivre et à être.

Le suicide d'une personne fragile est souvent réprouvé, condamné, alors qu'il signe toujours une intense souffrance qu'il ne nous appartient pas de juger. Les débats actuels sur l'euthanasie et le droit de mourir dans la dignité semblent pourtant montrer que nombre d'entre nous sont prêts à l'admettre dans le cas d'une maladie physique, de la détérioration et de l'invalidité qu'elle entraîne. Sans doute devrions-nous pouvoir admettre que le suicide pour raisons psychiques n'est ni plus agressif ni moins héroïque ; parfois, il vient aussi mettre un terme à une maladie chronique, toujours source d'une souffrance intense. On sait que le suicide représente la deuxième cause de mortalité chez les jeunes, après les accidents de la route. Mais, avant le passage à l'acte « réussi », il y a souvent des tentatives de suicide qui sont autant d'appels au secours. Moins qu'un désir réel de mourir, elles expriment un désir de remettre les compteurs à zéro pour essayer de changer la donne. Certains comportements à risques s'apparentent d'ailleurs à des conduites suicidaires : il ne s'agit plus de flirter avec la mort pour mieux éprouver la sensation d'être en vie, mais de « mourir un peu » pour changer de vie.

Comment guérir d'une toxicomanie ? Un suivi, médical et psychologique ou psychiatrique, s'impose, mais il a ses limites et l'on ignore toujours le devenir d'un héroïnomane, par exemple. Certains meurent d'overdose ou de mort violente (lors d'une bagarre ou d'un deal) ; d'autres, comme Alexandre, se suicident… Et si d'aucuns parviennent à échapper à ces dangers grâce à des traitements de substitution – ce dont il faut se féliciter –, ils remplacent une dépendance par une autre, moins toxique, mais tout aussi asservissante.

Parmi les spécialistes des toxicomanies, il en est pour défendre une théorie qui, si elle peut sembler un peu provocante, mérite toute notre attention. Pour eux, la guérison peut être spontanée et elle coïncide alors avec l'achèvement d'un processus de maturation, le rôle des médecins et des parents étant donc d'accompagner et d'encourager ce processus.

9. Des séparations impossibles ?

On peut se séparer de tout et de tout le monde – ce qui ne veut pas dire que cela soit souhaitable ! –, mais on a tout intérêt à ne pas se séparer de soi, sans quoi l'on se perd en même temps que l'on perd contact avec la réalité, et l'on devient fou.

Les tout premiers temps de la vie, où s'ancrent l'attachement et la constitution du soi, représentent un arrimage nécessaire. Pour devenir propriétaire de soi, il faut en effet pouvoir s'approprier son passé et ses origines. Mais comment s'approprier ce que l'on ignore ? Des origines inconnues ou incertaines nous enchaînent à un mystère dont il semble difficile de se détacher.

Vivre sans passé

Dans une toute petite maison d'un tout petit village des Alpes italiennes vivait un vieux monsieur, tout petit lui aussi, souvent assis devant sa porte, une casquette sur la tête, à l'affût de la moindre distraction que pouvait lui offrir ce coin reculé. Quand je passais dans ce village, j'avais l'impression de croiser l'un des sept nains du conte des frères Grimm, et j'échangeais avec lui quelques banalités d'usage. Un jour, j'ai vu la maison fermée ; il était allé rejoindre Blanche-Neige et les autres nains dans un autre royaume.

Quelques années après, je rencontre un jour un homme qui porte le même nom que lui. Lorsque j'évoque le vieux monsieur à casquette, il me dit que c'est son grand-père et me raconte son histoire. L'arrière-grand-mère, stérile, était allée à San Remo le temps de faire croire à une grossesse et elle en était revenue quelques mois plus tard avec son bébé, en fait un enfant qu'elle avait adopté. Dans le couffin du nourrisson, on avait trouvé deux boutons de manchette en or, peut-être ceux de son géniteur, ou un souvenir de

famille posé là par la mère biologique. La mère adop-
tive les avait remis à l'enfant pour qu'il conserve une
trace de ses origines inconnues. Parvenu à l'âge adulte,
celui-ci les avait joués au poker et les avait perdus.

On peut donner plusieurs interprétations à ce geste.
L'homme s'était totalement détaché d'un passé qu'il
n'avait pas connu et n'éprouvait pas le besoin d'en
garder le moindre vestige. Ou il s'était vengé de
ce passé en abandonnant le cadeau supposé de ses
parents, comme il avait lui-même été abandonné. Ou
bien encore l'homme était un psychopathe banal qui
se débarrassait de ses souvenirs parce que justement il
ne se souvenait de rien. Moi, de mon côté, je n'ai pas
pu m'empêcher de penser qu'il était dommage de ne
plus avoir ces boutons de manchette qui signaient son
appartenance, représentaient la seule trace de sa filia-
tion et de ses origines.

Peut-on vivre sans ancrage dans le passé ?

« Les hommes ne se séparent de rien sans regret,
et même les lieux, les choses et les gens qui les ren-
dirent le plus malheureux, ils ne les abandonnent point
sans douleur », écrit Apollinaire dans *Le Flâneur des
deux rives*. Tous les êtres humains ont besoin d'avoir
un passé qui leur sert d'ancrage et leur permet de
construire un avenir. Et quand bien même ce passé
serait douloureux, il faut savoir s'en souvenir parfois,
ne serait-ce que pour espérer un avenir meilleur. Un
passé malheureux ne vaut-il pas mieux que pas de
passé du tout ?

Se séparer de ses origines

Le père biologique de Maella a quitté sa femme quinze jours avant la naissance de leur fille, qu'il n'a pas reconnue. Il avait rencontré une autre femme durant la grossesse et voulait désormais vivre avec elle. Se sentant abandonnée, la maman de Maella a alors traversé un épisode dépressif assez compréhensible, mais elle l'a bien surmonté. Il y a quatre ans, elle a rencontré un homme avec lequel elle vit à présent et qui, il y a deux ans, a adopté légalement Maella, comme pour mieux l'intégrer à leur famille recomposée. De leur union, une nouvelle petite fille vient de naître, et Maella, 13 ans aujourd'hui, me dit fièrement qu'elle a elle-même choisi le prénom. Un peu plus tard, c'est avec la même fierté qu'elle me parle de toutes les « conneries » qu'elle peut faire et pour lesquelles ses parents viennent me consulter. Elle les provoque, refuse de se plier aux règles, s'amuse à saborder sa scolarité, s'acharnant à se montrer intéressante uniquement sur le mode négatif.

Sa problématique évoque d'emblée celle d'une adolescente adoptée, mais elle est surprenante dans la mesure où Maella vit avec sa mère, a été adoptée tardivement par un beau-père qu'elle connaissait et a pu être partie prenante de cette adoption. Je comprends mieux les raisons de son comportement quand Maella me confie que, depuis quelque temps, par l'intermédiaire de sa grand-mère paternelle, elle revoit son père biologique en cachette.

Le cas n'est pas rare d'hommes qui abandonnent leur enfant à la naissance, refont leur vie et ont d'autres enfants, puis souhaitent renouer des liens avec celui qu'ils n'ont ni reconnu ni élevé. Certains le font de façon ouverte, mais le père de Maella a préféré le secret, sa femme actuelle l'ayant menacé de séparation s'il revoyait sa première fille. Ce secret fragilise Maella qui, à travers lui, est sans cesse confrontée à la question de son abandon et ne peut pas intégrer son père d'adoption comme « vrai » père. Dans la plupart des cas, ce sont les adoptés qui, à un certain âge, éprouvent le besoin de partir à la recherche de ceux qui les ont abandonnés. Tous ont alors eu le temps d'intégrer leurs parents d'adoption comme étant leurs parents, ce qu'ils traduisent en disant : « Papa et maman, ce sont eux, mais je veux retrouver ma mère, mon père. » Par cette recherche, ils veulent tenter de comprendre pourquoi ils ont été abandonnés et, surtout, ils montrent un besoin vital de connaître leurs origines. Il semble décidément difficile de vivre en ignorant d'où l'on vient, même si certains parviennent heureusement à poétiser cet inconnu pour le rendre moins déséquilibrant. Pour les autres, le vide des origines est rempli d'interrogations et de suppositions, toujours floues, toujours incertaines, ce qui les empêche d'avoir un ancrage stable. L'ignorance crée une béance qui les aspire et les attache malgré eux. Comment se détacher de ce que l'on ne connaît pas et qui entretient le doute sur soi ?

Cela explique sans doute que les enfants adoptés traversent souvent une crise d'adolescence très aiguë.

Ce n'est pas jeter l'anathème sur l'adoption que de le constater. Tout au plus peut-on souligner une fois encore que le psychiatre ne voit que les cas difficiles, et qu'il existe bien évidemment des adolescents adoptés qui ne posent pas de problèmes particuliers.

Paradoxalement, la difficulté vient de ce que les parents adoptants sont généralement des parents de très grande qualité, aimants, patients, attentifs, d'autant plus soucieux du bien-être de l'enfant que celui-ci a eu des débuts de vie perturbés et traumatisants. Plus ses parents sont bons, plus l'adolescent va avoir à cœur de les provoquer : puisqu'ils semblent capables de tout supporter, il cherche à vérifier leurs capacités de résistance. En testant ainsi leur amour, il essaie de se prouver qu'il n'est pas « abandonnable » à nouveau. Mais l'agressivité et la violence déployées sont aussi une façon de retrouver un lien avec les parents biologiques, ces parents assez mauvais pour l'avoir abandonné. Plus il se conduit de mauvaise manière, plus il se persuade d'être conforme à ses origines – « Je suis mauvais, comme mon père et ma mère biologiques » –, créant ainsi un lien qui lui a été arraché. La difficulté propre à l'adolescent adopté est qu'il doit se détacher doublement : de ses parents adoptifs si bons, envers lesquels il a une dette, et de ses parents inconnus qui fragilisent son image de soi.

La question des origines se pose également en cas de procréation médicale assistée (PMA). Doit-on dire à un enfant qu'il a été conçu par PMA ? Qu'il a été bien porté par sa mère, mais que ce sont les spermatozoïdes d'un donneur inconnu qui ont fécondé l'ovule de celle-ci ? Nombre de psychiatres et de psychanalystes sont de fervents opposants au secret, qui serait toujours préjudiciable à l'enfant. Toute vérité le concernant serait bonne, voire nécessaire, à dire. Ce n'est pas mon avis. Pour moi, la vérité n'est pas la panacée. Et plutôt que de l'assener à l'enfant, il vaut mieux être attentif et attendre de voir comment il évolue, s'il pose ou non des questions, ce qu'il ne fait pas forcément verbalement mais par des comportements ou des symptômes.

Un homme et une femme viennent un jour me voir, sans leur fils mais avec une photo de celui-ci que le père me tend immédiatement. C'est un garçon de 8 ans, qui ressemble beaucoup à son père. Comme je le lui dis, il m'interrompt aussitôt. Justement, ce n'est pas son fils ; il est né d'une IAD (insémination artificielle avec donneur), mais il l'ignore, comme l'ignore l'entourage du couple. Les parents veulent savoir s'ils doivent malgré tout lui révéler la vérité ; ils sont en désaccord sur le sujet, la mère souhaitant lever le secret tandis que le père refuse d'en entendre parler. Dans le fond, ils viennent me demander de les mettre d'accord. Il semble difficile de se prononcer sans avoir vu le garçon, mais je les questionne afin de savoir s'il pose des problèmes particuliers, si leurs relations sont harmonieuses ou conflictuelles. Là, tous deux parlent d'une même voix pour reconnaître que tout va bien, leur fils n'ayant aucun comportement ou symptôme qui puisse laisser penser qu'il souffre. Il éprouve une grande admiration pour son père, pilote de ligne sur long courrier, qui le prend parfois avec lui dans le cockpit pour traverser l'Atlantique, et il rêve de devenir pilote à son tour, signe d'une identification réussie à ce père qu'il considère à juste titre comme le sien.

On pourrait dire que l'identification est une forme non pathologique de l'attachement. S'identifier n'est pas fusionner, mais repérer chez l'autre des sentiments, des goûts, des attitudes que l'on s'approprie pour mieux se construire. Vouloir faire le même métier que ses parents ne signifie pas que l'on veuille être comme eux et ne pas les quitter, mais continuer ce qu'ils font avec, sans doute, le désir de faire mieux ou de changer.

A quoi servirait de dire la vérité à ce garçon ? A semer le trouble dans son esprit en jetant un doute sur son origine, origine qu'il ne pourra jamais connaître puisque la loi autorise le don de sperme à condition qu'il soit anonyme. Toute sa vie, il sera confronté au mystère de l'inconnu et dans l'impossibilité de savoir qui était son vrai père. Bien sûr, on peut fantasmer son origine, émettre des hypothèses, rêver, et c'est ce que font tous les enfants lorsqu'ils s'inventent leur roman familial. Mais on fantasme d'autant mieux que l'on a un arrimage concret dans un passé qui nous a façonnés en partie, du moins sur le plan génétique.

« Le passé, ce n'est pas ce qui a disparu, c'est ce qui nous appartient », dit le personnage si poétique du film d'Arnaud Desplechin *Rois et Reine*. Pour que ce passé nous appartienne, encore faut-il le connaître. Alors on peut l'incorporer et le faire sien pour se sentir

soi. S'approprier ses origines, c'est pouvoir être soi.
On ne peut se séparer que de ce que l'on possède.

Dans le fond, tout le travail de l'enfant ressemble
à cela : s'approprier son passé et sa famille pour pouvoir s'en séparer un jour. L'enfant propriétaire de sa
famille plutôt que propriété de ses parents, voilà qui
ouvre des horizons de liberté.

Le traumatisme qui fragilise

J'ai suivi Guillaume quand il était petit, adopté précocement par un couple sans histoires et ravi d'avoir
ce fils tant attendu. Roumain d'origine, il avait vécu
quelques mois dans un de ces orphelinats terribles où
les gamins semblent manquer de tout. Guillaume avait
un comportement difficile : il avait du mal à entrer
en communication avec les autres, les enfants de son
âge comme les instituteurs, était atteint de dysgraphie
qui l'empêchait d'écrire correctement, se montrait
toujours inquiet et en quête de réassurance affective
de la part de ses parents adoptifs. Alternant anxiété
et rupture, son comportement était pour le moins dys-
harmonique et évoquait un tableau prépsychotique,
c'est du moins ce que j'ai pensé en le voyant. Mais des
tests prouvèrent qu'il n'était pas déficient, ni intellec-
tuellement ni psychologiquement ; son comportement
n'était pas structurel, mais réactionnel sans doute à
son entrée si difficile dans l'existence. Au fil d'une
psychothérapie de plusieurs mois, Guillaume s'est peu
à peu amélioré.

Je l'ai revu, jeune adulte, un peu déprimé parce qu'il faisait un métier qu'il supportait mal – ce que l'on comprend d'autant mieux qu'il travaillait à la morgue. Il avait une amie, qui était en conflit avec ses parents adoptifs ; du coup, il les voyait peu, ce qui le rendait coupable, eux lui reprochant cette rupture qu'ils vivaient mal. Lorsque sa compagne est tombée enceinte, Guillaume est venu me voir, tout heureux de cette perspective. Mais, au quatrième mois, elle a fait une fausse couche tardive. Guillaume a alors décompensé. Il a pris trente kilos, ne dormait plus, s'est brouillé avec son amie, qui l'a quitté, avec ses parents, avec ses collègues de travail…

Guillaume s'en était tiré une première fois grâce à la psychothérapie, grâce surtout à la patience et à l'affection sans faille de ses parents. Il semblait guéri d'un comportement inquiétant, mais il n'avait pas guéri pour autant de son passé, de sa blessure originelle. Son extrême fragilité a reparu lors de la fausse couche de sa compagne, qui a représenté pour lui une perte de trop, insupportable. Elle a ravivé le traumatisme de ses origines, cet abandon dont il avait été l'objet à sa naissance, et l'a replacé en situation d'extrême vulnérabilité. Concevoir un enfant à son tour, accompagner la grossesse, s'occuper du bébé, le regarder grandir et l'accompagner… Peut-on seulement imaginer ce que représente cette continuité d'attachement pour celui qui ne l'a pas connue et qui a la possibilité de vivre enfin ce qui lui a été arraché ? Pour Guillaume, la paternité représentait un moyen de solder ses comptes avec un passé douloureux ; la fausse couche signe pour lui une incapacité à dépasser ce passé qui le rattrape. En devenant père, il offrait un petit enfant à ses parents adoptifs, s'inscrivant enfin dans cette famille où il avait eu tant de mal à s'intégrer. La fausse couche le remet en position d'enfant abandonné.

Se séparer de soi

Lorsque j'ai débuté en psychiatrie, il existait encore des asiles, au sens le plus terrible du terme : des salles communes avec des barreaux aux fenêtres, où les malades vivaient dans des conditions d'hygiène assez hypothétiques. C'est dans l'une de ces prisons un peu particulières que j'ai rencontré Isidore. Antillais d'origine, Isidore déambulait dans les rues de Marseille, l'air d'entendre des voix et tenant des propos chaotiques et incohérents. La police l'avait repéré depuis un bon moment, mais à chaque fois, Isidore réussissait à lui filer entre les doigts. Jusqu'au jour où il a été placé d'office à l'asile.

Durant plusieurs entretiens, il m'a raconté son histoire. A 15 ans, il avait quitté ses Antilles natales et sa famille de pêcheurs pour se retrouver en métropole, errant au hasard des routes et des rencontres sans but précis. Ses pérégrinations le conduisirent dans le centre de la France, où il fut accueilli par un couple, propriétaire d'une station-service, qui accepta de l'engager comme pompiste, en échange de quoi il lui offrait le gîte et le couvert. La halte provisoire se transforma et Isidore passa là quinze années de son existence.

Quinze années durant lesquelles il n'éprouva plus la moindre envie de repartir. Mais le couple, ayant atteint l'âge de la retraite, vendit la station-service et Isidore reprit son vagabondage, qui le conduisit à Marseille et, bientôt, à l'asile.

C'était un patient calme, qui ne posait aucun problème et que tous les infirmiers adoraient. Moi, touché par son histoire et jugeant qu'il n'avait pas grand-chose à faire là, je me mis en tête de retrouver sa famille à Basse-Terre, pour essayer de comprendre pourquoi il avait échoué parmi les cinglés. Depuis vingt-cinq ans qu'il l'avait quittée et ne lui avait plus donné aucun signe de vie, sa famille avait fini par le croire mort, mais lorsque j'ai pris contact avec elle, elle s'est montrée toute prête à lui redonner la place qui était la sienne.

Avec un entêtement frisant l'obstination, j'ai entrepris toutes les démarches administratives pour faire lever le placement d'office, harcelant l'assistance publique, le préfet, toutes les autorités compétentes afin d'obtenir le droit de renvoyer Isidore chez lui où, je n'en doutais pas, il serait mieux qu'à l'asile. Quand je suis parvenu à mes fins, j'étais heureux et fier, et je suis aussitôt allé prévenir Isidore de son retour prochain aux Antilles. Curieusement, la nouvelle n'a pas semblé le réjouir et, les jours suivants, il m'a évité, refusant de me parler. Mais la date du départ approchait et, l'avant-veille, je suis allé lui demander de préparer ses affaires. En ouvrant la porte, j'ai balayé la salle du regard, sans le voir. Comme je m'avançais, j'ai aperçu dans le reflet de la vitre une silhouette qui, en un éclair, s'est ruée sur moi et a cherché à m'étrangler en poussant des cris aussi étranges qu'inquiétants. Je me suis débattu, le temps que des infirmiers arrivent et parviennent à neutraliser l'agresseur dans lequel j'ai reconnu Isidore, que les infirmiers ont mis à l'isolement. Lorsque je suis retourné le voir afin de comprendre pourquoi il m'avait agressé de la sorte, il s'est mis dans un coin de la cellule, comme s'il avait peur de moi, et a enfin réussi à me parler alors que depuis quelques jours il s'obstinait dans le silence. En proie à la colère et au désarroi, il m'a dit qu'il ne voulait plus jamais me voir parce qu'il avait bien compris le complot : j'étais le diable et je l'avais retrouvé. Il avait quitté les Antilles parce qu'on voulait lui voler son cerveau et ses pensées, et voilà que ça recommençait. Oui, décidément, j'étais le diable.

Isidore n'est jamais retourné à Basse-Terre, n'a jamais revu sa famille, n'est jamais allé pêcher dans les petites criques antillaises. Il est mort il y a peu à l'hôpital psychiatrique, où il n'a plus jamais posé le moindre problème. Seule l'idée de revoir sa famille, qu'il avait fuie, le mettait hors de lui et laissait émerger son délire enfoui.

Moi, je n'avais rien compris à tout ça. Je n'avais pas perçu à quel point Isidore était schizophrène, délirant, je projetais sur lui des craintes et des envies d'homme « normal » : je croyais que, comme tout le monde, il avait besoin de lien, d'attache, besoin donc de retrouver sa famille et son pays pour aller mieux.

Au départ, sa fugue ressemblait à une fugue de jeunesse : il était parti, apparemment de son plein gré, pour vivre sa vie, découvrir le monde. En réalité, c'est sa crainte d'être contraint, annihilé, vampirisé par sa famille qui l'avait obligé à partir. Sa fugue était la première manifestation de sa pathologie délirante, mais personne ne l'avait compris : ni sa famille à l'époque, ni moi des années plus tard.

Plus encore qu'une séparation volontaire, c'était une séparation imposée par la maladie qui lui faisait croire qu'il risquait d'être tué par sa famille.

Dans le fond, peut-être que certains de ceux qui partent chercher des cigarettes et qui ne reviennent pas ressemblent un peu à Isidore : on pense qu'ils fuient leur entourage quand, en réalité, ils se fuient eux-mêmes.

Ce qui est intéressant dans son histoire, c'est le fait qu'il se soit stabilisé pendant quinze ans. Qu'il ait réussi à ne plus fuir ni à s'échapper sans cesse, comme s'il n'avait plus peur qu'on lui vole ses pensées. La station-service avait fonctionné pour lui comme un hôpital de jour, c'était un moyen de protection contre lui-même : le couple de propriétaires le prenait comme il était, sans poser de questions, se contentant de le nourrir et de lui offrir un toit ; et, toute la journée, il voyait des gens qui le regardaient et lui parlaient à peine. Il avait pu se fixer parce qu'il ne se sentait pas menacé. La carence relationnelle et affective le protégeait de l'envahissement délirant d'un monde qu'il percevait comme hostile, dévorant. L'absence de liens le mettait à l'abri, dans un semblant de normalité. L'asile lui avait offert la même protection et donc la même stabilité. Pour le farouche adversaire de l'hospitalisation psychiatrique que je suis, voilà bien la preuve qu'elle constitue pourtant une ressource précieuse pour certains êtres fragiles et malades.

S'il existe plusieurs formes de schizophrénies, désignées aussi sous le terme de « démences précoces », elles ont néanmoins en commun un certain nombre de caractéristiques : les schizophrènes ne sont pas seulement incohérents dans leur pensée, leur action et leur affectivité, ils sont détachés de la réalité, repliés sur eux-mêmes et sur leurs productions fantasmatiques ou délirantes. Détachés de la réalité, ils ne peuvent pas créer de lien. L'étymologie du mot le dit bien : en grec, *schizo* signifie « fendre », « cliver », et *phren*, « esprit », ce que l'on désigne sous le terme allemand de *Spaltung*, en français « dissociation ». Il y a morcellement de la pensée, qui n'est pas en adéquation avec la vie. L'un des aspects les plus frappants de la schizophrénie, c'est le transitivisme : le schizophrène est ici et ailleurs à la fois. Il vous parle et, en même temps, il est persuadé qu'une partie de lui-même est ailleurs. Cela n'a rien à voir avec la rêverie, être là mais penser à autre chose, aspirer à être autre part, qui est un mécanisme de défense névrotique bénéfique. Le schizophrène, lui, est dissocié, dédoublé, détaché malgré lui. Séparé de lui-même, il ne peut pas s'attacher. Curieusement, on dit parfois qu'il est « fou à lier », alors qu'il est fou de ne pas pouvoir se lier. La camisole, fût-elle chimique, est la seule façon de le rattacher un peu à lui-même et à la réalité.

10. Le pédopsychiatre et la séparation

De la psychothérapie, on pourrait dire qu'elle est une machine à séparer, ou un tiers séparateur, qui va permettre au sujet de retrouver les assises narcissiques et la confiance en soi nécessaires pour s'autonomiser, agir et penser par lui-même.

Pendant un temps, celui du transfert, le patient va vivre avec le psychothérapeute un attachement qui reproduit son lien fusionnel avec ceux – ses parents, son premier amour… – dont il ne réussit pas à se séparer. Mais, parce qu'il est tenu à la « neutralité bienveillante », le psychanalyste lui offrira une résistance qui l'aidera peu à peu à prendre de la distance, la fin de la psychothérapie apparaissant alors comme une séparation apaisée autant que comme une conquête de soi.

Le plaisir des retrouvailles

Il m'arrive de filmer mes consultations, afin que nous puissions les disséquer et les analyser avec mes étudiants. Bien entendu, je demande toujours l'autorisation des patients, qui acceptent d'autant plus volontiers qu'ils savent les étudiants tenus à la confidentialité et au secret professionnel.

Ce jour-là, je reçois une femme et son bébé. Comme je sais que je suis filmé, je fais le malin et, d'entrée de jeu, je lui lance : « Alors, comme ça, ce petit a des troubles du sommeil ? » Je ne prends pas de risques : les troubles du sommeil constituent le motif de la consultation neuf fois sur dix. Et, effectivement, ce bébé-là a des troubles du sommeil. La maman réussit à l'endormir dans ses bras, mais dès qu'elle le met au lit, il se réveille et pleure en s'agrippant à elle, et ne veut plus la lâcher. Ne supportant plus ni les cris ni les nuits hachées, elle le fait dormir dans son lit depuis un peu plus d'un mois. Comme je lui demande ce qu'en pense le père de l'enfant, elle me dit qu'elle s'est séparée de lui. Cet homme qu'elle aime est schizophrène, il a des accès d'agressivité envers elle et leur fils. Parce qu'il peut être dangereux pour elle comme pour l'enfant, elle s'est résolue à le quitter, mais avec douleur, car elle rêvait de faire sa vie avec lui.

Le diagnostic semble évident : la rupture imposée par la maladie mentale du père entraîne chez cette femme un besoin de fusion avec son fils. On est là dans une situation qui est un standard après une séparation : quand, ne dormant plus avec son compagnon, un parent dort avec son enfant, c'est sûrement le signe de la persistance de son amour pour l'autre, dont il s'est séparé.

La consultation se prolonge, et cette femme me parle de son isolement. Depuis la séparation, sa belle-famille ne veut plus la voir. Les beaux-parents – la belle-mère surtout – ne supportent pas qu'elle ait quitté leur fils et ne s'en occupe plus. A leurs yeux, elle était une nouvelle chance pour lui, mais elle a échoué à le guérir, répétant leur propre échec. Le beau-père n'est pas seulement déçu, il éprouve aussi une crainte particulière : que son petit-fils soit malade, comme son propre fils, faisant bégayer une histoire douloureuse. Cette crainte, la jeune femme la partage et, lorsqu'elle me demande si les troubles du sommeil ne sont pas le signe de difficultés psychologiques plus importantes, je comprends que c'est là le véritable motif de la consultation, la question d'une hérédité possible, d'une transmission de la maladie psychique (mentale) du père à l'enfant. Cette crainte n'est pas irrationnelle, car la vulnérabilité à la schizophrénie semble plus importante chez les enfants issus d'un parent schizophrène. Pourtant, la majorité d'entre eux ne répète pas la pathologie, qui touche environ 1 % de la population française.

Je me mets à jouer avec le bébé : il a une bonne tonicité, un regard mobile, il réagit aux sollicitations, sourit, gazouille… Autrement dit, il fait preuve d'un excellent développement psychomoteur, que je souligne à la maman afin d'apaiser ses craintes, au moins temporairement puisque la pathologie peut se révéler plus tard.

Elle se détend et me remercie : elle pense que, grâce à cela, le bébé va mieux dormir ; s'il avait tant de difficultés, c'est parce qu'il percevait son anxiété et s'agrippait à elle autant pour la rassurer que pour se rassurer lui, pense-t-elle. Je la félicite de sa compréhension, la soupçonne même d'être psychologue ou psychothérapeute. Je me trompe, elle me dit qu'elle est expert-comptable.

La consultation terminée, alors que je la raccompagne à la porte, elle s'arrête et me demande : « Vous ne vous souvenez pas de moi ? » « Non, je ne crois pas… » Mais quand elle prononce son nom, il suffit à réactiver un flot de souvenirs. Je l'ai suivie durant trois ans, petite fille atteinte de névrose obsessionnelle, en proie à des TOC nombreux et invalidants. Elle aussi a gardé des souvenirs de cette période, et elle entreprend de me rappeler ma façon pour le moins fantaisiste de la soigner. Sachant la consultation filmée, je préférerais qu'elle se taise, je n'ai aucune envie que mes étudiants découvrent le pédopsychiatre débutant que j'ai été, fragile, incompétent, en tout cas proposant des remèdes assez improbables aux TOC dont elle souffrait. Pour mettre fin à mon calvaire, je l'interromps en lui demandant des nouvelles de son père, qui l'accompagnait souvent en consultation. Hélas, son père est mort, j'ai l'impression que je ne m'en sortirai jamais… Sale journée pour le pédopsychiatre !

Sale journée, oui, mais belles retrouvailles. Et l'on a beau être pédopsychiatre, on aime les retrouvailles, même si l'on supporte certaines séparations. En l'occurrence, ce ne sont pas les retrouvailles avec moi-même jeune qui m'intéressent, bien que j'espère sincèrement m'être un peu amélioré, affiné. Ce sont les retrouvailles avec la petite fille devenue femme qui me font plaisir. Car, dans le fond, que deviennent nos patients ? On ne le sait pas. Un jour, on leur dit : « Bonne route, c'est terminé, tu n'as plus besoin de moi », mais on ignore tout de leur devenir. Comment évoluent-ils ? Quels bénéfices tirent-ils à plus ou moins longue échéance de leur psychothérapie ? A quoi avons-nous servi ?

Malgré mes prescriptions fantaisistes, la petite fille avait réussi à se débarrasser de ses TOC. Plus tard, en devenant comptable, elle avait fait un bon choix de compensation, le métier exigeant de l'ordre, de la rigueur, de la maîtrise, tout ce dont l'obsessionnel ne peut se passer.

Ce n'est pas psychanalytiquement correct mais, en tant que pédopsychiatre, je dois avouer que je m'attache à mes patients – pas au point de fusionner avec eux, bien sûr, mais assez pour conserver à leur égard une curiosité bienveillante et une certaine empathie. Je ne peux pas faire autrement. Quand les gens me confient leurs problèmes, leur malheur, il m'est difficile d'y rester insensible et de les lâcher comme ça, un beau jour, soudain indifférent à ce qu'ils vont devenir, alors que, pendant tout le temps que nous avons passé ensemble, je les ai écoutés avec attention et souvent aussi avec affection. C'est, diraient les psychanalystes, jouer le jeu de la séduction et de la fusion, c'est sans doute peu orthodoxe, probablement maladroit, mais peut-être aussi que cela peut aider, un peu de chaleur quand on ne se sent pas bien.

Le patient est un bateau et le pédopsychiatre lui sert d'épontilles quand il est à quai, immobilisé malgré lui pour être réparé, caréné. Lorsque le bateau est remis en état, on retire les épontilles et il peut reprendre la mer, flotter, voguer vers de nouveaux horizons et de nouvelles conquêtes. Qui peut affirmer que les épontilles ne gardent pas une empreinte du bateau qu'elles ont soutenu ?

Quand la psychothérapie n'en finit plus…

C'est un couple d'enseignants d'origine italienne, très sympathiques tous les deux. Ils ont adopté un petit garçon, mais comme par un fait exprès, depuis le début il échoue à l'école. Je le vois dans un premier temps alors qu'il redouble son CP. Je le revois quelques années plus tard alors qu'il redouble sa sixième. Puis je le revois quand il a 16 ans. Il refuse à présent d'aller au lycée, rackette ses parents, vole leur carte bleue, revend le scooter qu'ils lui ont offert, les agresse, les malmène… Et les parents aimants tiennent bon, pardonnent, espèrent.

Depuis qu'il est petit, chaque fois que je lui demande les raisons de ses comportements, ce garçon répète invariablement : « Je ne sais pas » ou « Comment te dire ? » Je dois dire, moi, que j'ai un contre-transfert majeur sur ce garçon qui m'insupporte avec ses « Comment te dire ? » Je sens envers lui des bouffées d'agressivité, mais je me retiens de ne pas le bousculer en lui disant qu'avec un pédopsychiatre, justement, il n'a qu'à dire, c'est aussi simple que ça.

Pourtant, incapable d'une rupture thérapeutique, je me chronicise dans la relation. Je tiens bon par sympathie pour les parents, qui ont une telle réserve d'espérance. La mère parvient parfois à prendre de la distance par rapport à la conduite de son fils, mais le père ne réussit pas à relativiser, il espère, il croit que tout va s'arranger. C'est un père merveilleux, un peu pris au piège de son rôle de père d'adoption, qui ne peut qu'être bon, voire très bon, très bienveillant. Vis-à-vis de lui, je tente d'écraser le mauvais père que je sens en moi. En réalité, je ne veux pas abandonner le garçon. Je suis piégé par son histoire d'enfant qui ignore ses origines et souffre d'avoir été abandonné à la naissance par des parents inconnus. Mais le temps passe et, à mes questions, il continue d'opposer ses deux réponses immuables : « Comment te dire ? » et « Je ne sais pas ».

Et puis, un jour, des années après, raccompagnant un patient, je l'aperçois dans la salle d'attente. Il est là, avec une femme et un bébé. Le ciel me tombe sur la tête, je suis terrifié à l'idée de le revoir, réaction de rejet presque incontrôlable.

Ils viennent me consulter parce que leur bébé ne dort pas. Quand je lui demande, à lui, s'il a une idée de ce qui pourrait expliquer ces troubles du sommeil, il me répond : « Comment te dire ? Je ne sais pas… » Là, c'est plus fort que moi, j'explose : « Ecoute, maintenant, ça suffit, tu dois savoir. Tu vas aller voir un autre psychothérapeute pour comprendre et pouvoir dire : "Je sais ce qui ne va pas." Si tu ne comprends pas pour toi, tu dois comprendre pour ton bébé. Un papa, c'est quelqu'un qui peut aider son bébé parce qu'il sait. »

Il m'avait fallu tout ce temps pour comprendre que ses « Comment te dire ? Je ne sais pas » signifiaient : « Comment te dire que je ne sais pas mes origines, je ne sais pas d'où je viens, je ne sais pas pourquoi j'ai été abandonné, je ne sais rien… »

Il m'a téléphoné après quelques mois de travail avec l'un de mes collaborateurs pour me raconter que tout allait bien, le bébé dormait et, désormais, lui savait. Il avait enfin trouvé un emploi et pouvait commencer à avoir des relations apaisées avec ses parents, dont la patience et l'amour ne s'étaient jamais démentis.

Parce qu'il avait été abandonné à la naissance, ce garçon avait eu le plus grand mal à nouer des liens paisibles avec ses parents adoptants. Le seul lien, c'était son agressivité, ses comportements délictueux et provocateurs, qui montraient sa difficulté à se séparer d'eux auxquels il devait tant, sa dette lui paraissant impossible à solder et le maintenant en situation de dépendance. Il a fallu qu'il devienne père et se découvre des capacités à nouer un attachement pour accepter un lien plus serein.

Si l'on pouvait refaire les consultations à l'envers, tout paraîtrait plus facile et le pédopsychiatre serait toujours génial. Avec ce garçon, j'avais sans doute commis une erreur en instaurant une relation chronique qui reproduisait la relation à ses parents. Je m'étais laissé piéger par la sympathie que j'éprouvais pour eux, tentant inconsciemment de mesurer ma patience à la leur. L'histoire semble pourtant montrer que j'aurais été plus utile en « rejetant » leur fils plus tôt… Mais ce n'est pas une certitude. Peut-être ce garçon avait-il seulement besoin de temps pour mûrir, à son rythme ; et le psychiatre n'a pas le pouvoir d'accélérer ce temps.

Il n'empêche que l'on devrait se pencher d'un peu plus près sur certaines psychanalyses interminables et chercher à comprendre qui, du patient ou de l'analyste, a le plus de mal à se séparer de l'autre.

Conclusion

La force du lien

Peut-on vivre sans lien ? Non, parce qu'on ne peut pas exister seul. On a besoin de l'autre pour se construire et se conquérir, pour se rassurer parfois, et pour partager des moments, des idées et des désirs. L'autre est précieux en tant qu'il représente une ouverture sur le monde. C'est pourquoi on devrait toujours s'interroger sur la nature du lien qui nous attache mutuellement.

Etymologiquement, le mot lien vient du latin *liganem*, « qui sert à attacher ». L'ancien français utilisait le mot « lien » là où aujourd'hui on emploie celui de « laisse ». On tenait donc le chien en « lien » pour l'empêcher de s'échapper quand il avait des velléités d'aventure et des envies de grands espaces. Puis le mot lien a pris le sens d'« entraves » d'un prisonnier. On voit bien que, à l'origine, le lien est contrainte et interdit la liberté, tout au moins la liberté de mouvement.

Ce n'est qu'au XIIe siècle que le mot a été employé dans un sens figuré avec, selon le contexte, « valeur de ce qui unit affectivement ou moralement » et de

« contrainte résultant d'un vœu », à savoir les liens du mariage. A l'époque classique, le lien est devenu « ce qui maintient dans une étroite dépendance, en servitude », désignant l'esclavage amoureux ; puis, de façon un peu atténuée, le mot a pris le sens de « relation affective », comme dans l'expression des « liens d'amitié ».

C'est dire si le mot est lourd de sens. Le lien attache, emprisonne, contraint, asservit… Heureusement, il en est d'autres qui associent, rapprochent, tiennent le temps nécessaire, mais savent se desserrer et se détendre quand il le faut. Lorsqu'on navigue, on apprend à faire toutes sortes de nœuds marins, dont l'un appelé « nœud de chaise ». Une façon particulière d'entrecroiser les bouts rend ce nœud d'une extrême solidité : dans la tempête, quand le bateau tangue et tire, le nœud se resserre pour empêcher le naufrage, et pourtant, aussi serré soit-il, il suffit d'un coup de main pour qu'il se défasse sans plus offrir de résistance. Le bateau peut alors reprendre sa route…

S'attacher, se détacher, revenir, repartir, rencontrer, quitter… Toute notre vie suit ce mouvement permanent, et cela dès les premiers mois de notre existence.

A quoi sert l'attachement ? De façon assez paradoxale, à nous apprendre à la fois à créer du lien et à puiser la force de nous en détacher. C'est parce que ce lien originel nous ancre à la vie et aux autres qu'il va nous permettre de prendre le large. On peut alors larguer les amarres, avec la certitude de pouvoir revenir au port. Détacher le lien, mais ne pas le rompre. Et s'attacher encore, ici ou ailleurs, sans se laisser emprisonner.

On répète souvent – à commencer par les psychiatres – que nous rêverions tous de retrouver la fusion originelle. Je crois pourtant que, de cette fusion, chacun garde aussi la nostalgie de l'envie de conquêtes qu'elle faisait naître ; chacun rêve au moins autant de réussir à s'affranchir de certains liens, dont il pressent que, parfois, ils l'enchaînent. Il n'est qu'à voir la fascination et l'admiration que suscitent certaines vies d'ermites ou certains conquérants de l'impossible qui se sont risqués seuls à l'assaut des sommets... La course autour du monde à la voile est plus captivante si elle s'effectue en solitaire ; en équipage, elle perd de son pouvoir d'attraction, comme si nous étions tous un peu envieux de ceux qui parviennent, un temps, à se séparer de tout pour affronter seuls les défis qu'ils se sont lancés. Ceux qui savent être en tête à tête avec eux-mêmes et ne compter que sur eux, ce qui ne les empêchera pas d'être, à leur retour, avec d'autres auprès desquels ils puiseront sans doute une part de la force nécessaire pour repartir. Solitaires, mais pas misanthropes ; sûrs de soi, mais pas mégalomanes.

Tous les parents du monde devraient rêver que leur enfant devienne un jour un navigateur solitaire, signe qu'ils ont tenu leur rôle, avec suffisamment de bienveillance et de distance pour l'aider à trouver le chemin de l'indépendance. Aimer son enfant, c'est l'aider à trouver l'estime de soi nécessaire pour qu'il nous quitte dès qu'il se sentira prêt.

Table

Introduction 9

1. Au commencement était la fusion 19
   Des séparations trop précoces 21
   Les débuts de l'attachement 25
   L'attachement empêché 29
   L'attachement derrière les barreaux 33
   Survivre à l'abandon 36

2. Grandir, c'est se séparer 41
   Le père, casseur de fusion 43
   Le sommeil, une petite séparation 48
   Les bienfaits de la maternelle 53
   L'art de raconter des histoires 57

3. Tentatives pour prolonger la fusion 63
   Une carrière de « fusionneur » 65
   L'impossibilité d'aller à l'école 70
   Se séparer d'un symptôme 76
   Un refus de grandir 81

4. La séparation empêchée 85
   Se séparer d'un parent malade 87
   Ces maladies qui attachent 93
   La séparation au ralenti 98

5. Quand les parents se séparent 105
   Le divorce n'est jamais banal 107
   La fusion réactionnelle 114
   Les limites de la garde alternée 117

6. Le travail de deuil 121
   Cette mort qui fait si peur 123
   Le refus de la perte 127
   Le deuil n'est pas une maladie 131
   Des stratégies pour lutter contre
     la perte 134
   Le deuil impossible 140

7. Le(s) souvenir(s) et l'oubli 145
   Les souvenirs, objets transitionnels 147
   Notre « coin du monde » 156

8. Se séparer de son enfance 161
   L'art de la fugue 163
   Les amis et les amours 169
   Premier amour, premier chagrin
     d'amour 175
   Ces parents qu'on abandonne 178
   Quand la dépendance détruit 184

9. Des séparations impossibles ? 189
    Vivre sans passé 191
    Se séparer de ses origines 193
    Le traumatisme qui fragilise 198
    Se séparer de soi 200

10. Le pédopsychiatre et la séparation 205
    Le plaisir des retrouvailles 207
    Quand la psychothérapie n'en
        finit plus... 211

Conclusion 215
    La force du lien 215

Du même auteur :

TOUT CE QUE VOUS NE DEVRIEZ JAMAIS SAVOIR SUR LA SEXUALITÉ DE VOS ENFANTS, Editions Anne Carrière, 2003 ; Le Livre de Poche, 2005.

ELEVER BÉBÉ : DE LA NAISSANCE À SIX ANS, en collaboration avec Christine Schilte, Hachette Pratique, 1998.

FRÈRES ET SŒURS, UNE MALADIE D'AMOUR, en collaboration avec Christine Schilte, Fayard, 2002 ; Le Livre de Poche, 2003.

VOULOIR UN ENFANT, en collaboration avec René Frydman et Christine Schilte, Hachette Pratique, 2001.

ŒDIPE TOI-MÊME ! CONSULTATIONS D'UN PÉDOPSYCHIATRE, Editions Anne Carrière, 2000 ; Le Livre de Poche, 2002.

COMPRENDRE L'ADOLESCENT, en collaboration avec Christine Schilte, Hachette Pratique, « La grande aventure », 2000.

HUIT TEXTES CLASSIQUES EN PSYCHIATRIE DE L'ENFANT, ESF éditeur, « La vie de l'enfant », 1999.

Composition par Asiatype

Achevé d'imprimer en décembre 2007 en Espagne par
LIBERDUPLEX
Sant Llorenç d'Hortons (08791)
Dépôt légal 1re publication : octobre 2007
Numéro d'éditeur : 97172
LIBRAIRIE GÉNÉRALE FRANÇAISE
31, rue de Fleurus – 75278 Paris Cedex 06

31/1546/6